Charles Schmidt

Wilhelm Farel und Peter Viret

Nach handschriftlichen und gleichzeitigen Quellen

Charles Schmidt

Wilhelm Farel und Peter Viret
Nach handschriftlichen und gleichzeitigen Quellen

ISBN/EAN: 9783744605441

Hergestellt in Europa, USA, Kanada, Australien, Japan

Cover: Foto ©Raphael Reischuk / pixelio.de

Weitere Bücher finden Sie auf **www.hansebooks.com**

Wilhelm Farel und Peter Viret.

Nach

handschriftlichen und gleichzeitigen Quellen

von

Dr. C. Schmidt,
Professor der Theologie zu Straßburg.

Elberfeld.
Verlag von L. R. Friderichs.
1860.

Wilhelm Farel.

Wilhelm Farel wurde geboren im Jahre 1489 zu Gap, einer kleinen Stadt in den Alpen des Dauphiné. Seine Eltern waren vornehmen Standes, hingen aber fest an dem hergebrachten Glauben; „mein Vater und meine Mutter, erzählte er später, zweifelten an nichts." Auch er bewies früh einen großen katholischen Eifer; noch in seinen letzten Lebensjahren erinnerte er sich, voll Kummers über solchen Aberglauben, an die Wallfahrten mit seinen Eltern zu einem wunderthätigen Kreuz im Gebirge, das von dem Kreuz des Herrn selber genommen sein sollte. Dabei zeichnete er sich aber aus durch außerordentliche Lernbegierde. Nur ungern gewährte ihm der Vater sein Verlangen, sich den Studien zu widmen; nachdem er von ungeschickten Lehrern etwas barbarisches Latein erlernt, wurde er nach Paris geschickt. Hier schloß er sich zunächst an den berühmten, die Jugend in hohem Grade anregenden Gelehrten Lefèvre d'Étaple an; er studirte Philosophie, alte Sprachen, selbst hebräisch, was damals noch eine Seltenheit war. Er erwarb sich den Grad eines Magisters der freien Künste und ward als Lehrer an dem Collegium des Cardinals Lemoine angestellt. Anfänglich deutete Nichts in seinem Streben auf den zukünftigen Reformator hin. Mit der nämlichen Gluth, mit der er sich später der Sache des Evangeliums ergab, erfaßte er die katholische Lehre, überzeugt, „das Papstthum sei wahrhaft von Gott und jeder Gegner desselben müsse weggethan werden." Abergläubisch verehrte er Bilder und Reliquien; die Heiligenlegenden erfüllten seine lebhafte Phantasie; „ich trug so viel Fürbitter, so viel Götter in meinem Herzen, daß es für ein vollständiges Heiligenregister gelten konnte." Nichts auf Erden ging ihm über Mönchthum und Priesterstand.

Bald indessen sollte es anders mit ihm werden. Schon bevor die Nachrichten von dem Auftreten Luther's nach Frankreich kamen, begann in dem Kreise, dem der junge Farel angehörte, das Regen des evangelischen Geistes. Es ging von dem vielseitig gelehrten und zu mystischer Frömmigkeit sich neigenden Lefèvre aus. Die jungen Männer, die sich um ihn sammelten, Gerhard Roussel, Martial Mazurier, Michel b'Arande und Andere, eigneten sich Alle mehr oder weniger reformatorische Grundsätze an; die meisten haben sie aber später wieder verläugnet oder nur unvollständig durchgeführt. Farel war der einzige aus dem Kreise, der sich völlig von dem Katholicismus lossagte, nachdem ihm das Vertiefen in die Bibel die Augen geöffnet hatte. Auf eigenthümlich ergreifende Weise hat er selber, in einer spätern Schrift, den Gang seiner geistigen Entwickelung geschildert, die Macht Gottes bewundernd, durch die „er aus so tiefen Abgründen gerettet wurde". Er erzählt, welches Staunen ihn ergriff, als er erkannte, daß in der bestehenden Kirche so Vieles mit der heiligen Schrift nicht übereinstimmend war; wie dies Staunen sich in ängstliche Ungewißheit über die biblischen Lehren selber verwandelte; wie er die Beschlüsse der Päpste und die Werke der Doctoren studirte, um seine Zweifel zu lösen; welche Kämpfe seine Seele erfüllten, die zwischen dem hergebrachten, bisher so leicht angenommenen Glauben und der neugeahnten Wahrheit schwankte. Lefèvre half ihm durch diesen qualvollen Zustand hindurch, indem er ihm von der Verdienstlosigkeit der eigenen Werke und von der allein rechtfertigenden Gnade redete, und ihm verkündigte, Gott werde die Welt erneuern und er werde Zeuge davon sein. So gelangte er, stufenweise fortschreitend, ein Stück Katholicismus nach dem andern wegwerfend, von dem Dienste der äußern Form zur innern Freiheit des Geistes, und zur Ueberzeugung, daß nur in Christo das Heil zu suchen und die römischen Traditionen und Gebräuche nur Menschenerfindung seien. Mit dem ihn characterisirenden feurigen Eifer wandte er sich nun dem Evangelium zu. Er war dabei frei von jeder niedrigen Absicht; „weder Geld noch Ehre hatten mich bewogen, an dem Papstthum zu halten, sondern die Verblendung, in der ich meinte, es sei von Gott; ebensowenig sind es irdische Rücksichten, die mich davon abwandten, sondern ich that es gezwungen durch die heilige Schrift." Man darf ihm glauben, denn was konnte ein Reformator in Frankreich anders erwarten, als Verfolgung und Noth aller Art? Es drängte ihn, von seinen neuen Ueberzeugungen zu reden; seine Freunde erschraken und schlossen ihm den Mund. Lefèvre selber, so fromm er auch war, fürchtete einen Bruch mit der Kirche; er wähnte, das innere Leben könne bewahrt werden, auch bei der äußern Theilnahme an Gebräuchen, die er für gleichgültig und daher für unschädlich hielt. Diese Ansicht war auch die der Schwester Franz I. der geistreichen und liebenswürdigen Margaretha von Alençon, die Lefèvre und seine Schüler begünstigte und sich gerne mit ihnen von einer friedlichen Verbesserung der Kirche unterhielt.

Als indessen die Doctoren der Sorbonne anfingen, Lefèvre zu verdächtigen, gab Farel die Hoffnung auf, im Schooße des Katholicismus frei evangelisch leben zu können. Er erkannte, wie er sagte, die Feigheit der Theologen und begann sie weniger zu achten, als bisher. 1521 zog sich Lefèvre, der Ketzerei angeklagt, nach Meaux zurück, zu seinem Freunde dem mystisch-frommen Bischof Wilhelm Briçonnet; auch die meisten seiner Schüler verließen nun Paris. Zu Meaux, von wo sie ihre Verbindung mit Margaretha fortsetzten, schien sich der evangelischen Thätigkeit dieser Männer ein reiches und freies Feld aufzuthun; Lefèvre übersetzte die Bibel in's Französische; Farel, Roussel, Michel b'Arande wurden von dem Bischof ermächtigt, in der ganzen Diöcese zu predigen. Farel besonders zeichnete sich durch seine Freimüthigkeit aus, so daß, auf die Anklage einiger Mönche, der schwache Briçonnet den 12. April 1523 ihm das Predigen wieder untersagte. Er verließ Meaux, hielt sich kurze Zeit zu Paris auf und kehrte dann in seine Vaterstadt zurück. Im Kreise seiner Familie begann er hier seine Missionsthätigkeit; mehrere seiner Brüder, Daniel, Johann, Walther und Claude wurden für das Evangelium gewonnen, für das sie später Güter und Vaterland opferten. Aus Gap verjagt, irrte er in den Gebirgen und Wäldern umher, verkündigte das Wort Gottes in den Hütten der Hirten sowohl als in den Schlössern der Edlen; einen dieser letztern bekehrte er, den jungen gelehrten Ritter Anemund be Coct, Herrn von Chastelard; auch einem Prediger von Grenoble, dem Barfüßer Peter be Sébeville, zündete er das Licht des Glaubens an. Beide, Anemund und Sébeville, wurden thätige Beförderer der Reformation, mußten aber bald, so wie Farel selbst, sich durch die Flucht der Verfolgung entziehn. Farel wandte sich nach Basel, wo er außer Anemund noch andere französische Flüchtlinge traf, und wo Oecolampad ihn gastfreundlich in seinem Hause aufnahm. In Basel war er Zeuge des Gesprächs, welches der Pfarrer von Liestal, Stephan Stoer, über fünf gegen den Priester-Coelibat gerichtete Thesen hielt (16. Februar 1524). Der große Eindruck, den dieser Vorgang hervorbrachte, flößte auch Farel den Wunsch ein, öffentlich als Bekämpfer der alten Lehre aufzutreten. Er bat den Rector der Universität um die Erlaubniß, über einige Thesen disputiren zu dürfen; da sie ihm verweigert wurde, begehrte und erhielt er sie von dem Magistrat. Als hierauf der bischöfliche Vicar, Heinrich von Schönau, den Geistlichen und Studenten verbot, dem Gespräche beizuwohnen, erschien den 14. Februar ein Mandat des Rathes, welches, unter Androhung verschiedener Strafen, sowohl den Geistlichen als den Mitgliedern und Studirenden der Universität das Gegentheil gebot. Farel veröffentlichte nun in lateinischer Sprache folgende dreizehn Sätze: Christus hat uns eine vollkommene Lebensregel vorgeschrieben; seine Vorschriften müssen befolgt werden, woraus folgt, daß denen, die die Gabe der Enthaltsamkeit nicht haben, die Ehe geboten ist; Fasten und sonstige Ceremonien sind jüdisch und nicht evangelisch; Gebete mit vielen Worten sind der Lehre Christi zuwider; das Amt der Geistlichen besteht vor Allem in der Predigt des Wortes Gottes; Christi Gebote sollen nicht für bloße Rathschläge ausgegeben werden, noch umgekehrt; wer seine Brüder nicht das reine Evangelium lehrt, dessen schämt sich Christus; wer glaubt, daß er durch seine Werke und eigenen Kräfte und nicht durch den Glauben allein gerechtfertigt wird, der macht sich selbst zu Gott; Gott verlangt keine andere als geistige Opfer; die Gesunden, die nicht Prediger sind, sollen Handarbeit treiben; der Bilderdienst ist Götzendienst; die aus dem Judenthum entlehnten Gebräuche sind zu verwerfen; nur von Christo sollen wir streben erleuchtet zu werden, denn durch ihn allein, nicht durch die Macht der Gestirne oder der Elemente, wird Alles regiert.

Man sieht, es herrscht in der Aufeinanderfolge dieser Sätze noch bedeutende Confusion; es war der erste Anlauf eines feurigen Geistes, dem es noch an einem festen durchgebildeten Systeme mangelte; der praktische Gegensatz gegen die Aeußerlichkeiten und die menschlichen Zuthaten im Katholicismus, gegen Bilder, Fasten, Ehelosigkeit, bettelndes Mönchthum herrscht vor; doch ist der große Grundsatz von der Rechtfertigung durch den Glauben bestimmt ausgesprochen, und Christus wird dargestellt als der alleinige Lehrer, Gesetzgeber und Herr. An die Spitze der Thesen stellte Farel eine Einladung an alle Christen, sich mit ihm über diese Gegenstände zu besprechen, „in welchen begriffen ist die Summe christlicher Freiheit, und durch welche die Tyrannei menschlicher Satzung darniedergelegt wird." Die Disputation fand lateinisch statt; da jedoch Farel, wegen seiner französischen Aussprache, nicht von Jedermann verstanden wurde, diente ihm Oecolampad als Dolmetscher. Er führte seine Sache so siegreich durch, daß Oecolampad an Luther schrieb, er halte ihn für stark genug, es mit der ganzen Sorbonne aufzunehmen. Das Gespräch, und mehr noch die Weigerung der Gegner, dabei zu erscheinen, verminderten sehr die Achtung des Volkes vor den Priestern; „es kam viel Gutes davon", sagt ein gleichzeitiger, handschriftlicher Bericht. Auch zur Bekehrung Pellican's soll Farel beigetragen haben. Zu Basel hielt er einige öffentliche Vorlesungen und gab auf den Rath mehrerer Landsleute und Oecolampad's kleine polemische Schriften heraus; er setzte aber seinen Namen nicht dazu, und nicht einmal deren Titel sind bekannt. Ueberhaupt war Farel's literarische Thätigkeit, in Vergleich mit der Viret's, Calvin's, Beza's, unbedeutend; er war ein Mann der That und nicht der Feder; er schrieb nur ungern, und was er schrieb, legte er zuerst den Freunden zur Prüfung vor. Seine wenigen Schriften sind entweder polemischen

Inhalts, oder Ermahnungen, im evangelischen Bekenntnisse zu beharren; sie sind voll Feuer und Leben, aber oft unklar und incorrect, und in theologischer Hinsicht von untergeordnetem Belang.

Seine in Basel veröffentlichten Pamphlete griffen ohne Zweifel das Papstthum und die Sorbonne mit einem jugendlichen Ungestüm an, das Manchen bedenklich schien und das Oecolampad vergebens zu mäßigen suchte. Farel lud dadurch den Haß der noch mächtigen katholischen Parthei auf sich; auch der bedächtige Erasmus, dem er Feigheit vorwarf, ward ihm gram und sprach sich in mehreren Briefen bitter gegen ihn aus; eine Unterredung der beiden Männer, in der auch die Heiligenverehrung zur Sprache kam, entzweite sie vollends statt sie zu versöhnen. Diesen verschiedenen Umständen ist es zuzuschreiben, daß der Rath, dem das zu rasche Vordringen Farels voreilig erschien, ihm um Pfingsten 1524 die Weisung gab sich aus der Stadt zu entfernen. Mit einer Empfehlung Oecolampad's wollte er Luther besuchen; nichts bezeugt aber daß er die Reise nach Wittenberg wirklich unternommen. Oecolampad hatte ihm auch gerathen, sich in einer französischen Gegend der Verkündigung des Evangeliums zu widmen, denn der Landessprache nicht mächtig, konnte er in der deutschen Schweiz wenig wirken; eine von Basel aus im Frühjahr 1524, mit dem Lyoner Edelmann Anton du Blet, gemachte Reise nach Konstanz, Zürich, Bern, hatte nur das, allerdings für ihn wichtige Resultat gehabt, ihn mit den dortigen Reformatoren bekannt zu machen.

Von Basel begab sich nun Farel nach Straßburg, wo er mit Butzer und Capito Freundschaft schloß. Durch einen Brief Oecolampad's wurde er auf Mümpelgard aufmerksam, wo Johann Gailing, ein Schüler Luther's, bereits thätig war für die Reformation. Er ging hin, begleitet von dem Pariser Johann Dumesnil und dem Flamänder Wilhelm Dumoulin; und erhielt von dem aus seinem Lande vertriebenen Herzog Ulrich von Würtemberg, der in der ihm gehörenden Grafschaft Mümpelgard anwesend war, die Befugniß zu predigen. Im Juli 1524 kam er an; er predigte gewaltig in den Kirchen der Stadt, wurde aber mehrmals durch, von den Mönchen angeregte Volksaufläufe unterbrochen; als einst der Franziskaner-Guardian heftig gegen ihn eiferte, und Farel sich erbot, sich jeder Strafe zu unterziehen, wenn er Unchristliches gelehrt hätte, ließ der Herzog Beide verhaften. Dem Guardian ließ er die Wahl Farels Ketzerei zu beweisen oder selbst zu widerrufen; zum Erstaunen des Fürsten geschah Letzteres: der Mönch bekannte auf der Kanzel, Farel habe die Wahrheit gelehrt. Um zu zeigen daß dieser Widerruf nicht erzwungen worden, erklärte Ulrich, er sei bereit ein öffentliches Gespräch halten zu lassen, und versprach Farel streng zu bestrafen, wenn seine Predigt falsch erfunden würde. Zugleich wurde der ganze Vorgang durch eine Druckschrift, lateinisch und deutsch, bekannt gemacht. Durch dieß Alles wurde Farels Eifer noch mehr angefeuert; trotz der Briefe Oecolampad's, die ihn zu Mäßigung und Milde ermahnten, trat er immer angreifender auf. Als ein Reliquienhändler nach Mümpelgard kam, erschienen Farel und Gailing vor dem Rath und wandten sich an den Herzog selbst, um ein Verbot des Krams zu ermitteln; man erzählt sogar, daß Farel mit eigener Hand die Reliquien ins Wasser warf. Wirksamer als solche Gewaltthat, wurde eine kleine Schrift, die er, auf Oecolampad's Aufforderung, erscheinen ließ, und die in Kürze das zusammenstellte, was der Christ wissen müsse, um sein Vertrauen auf Gott zu setzen und seinem Nächsten zu dienen. Diese Schrift, die wie Alles was Farel geschrieben hat, außerordentlich selten geworden ist, verbreitet sich in 43 Abschnitten, die von Gott ausgehn und mit dem letzten Gerichte schließen, über die vorzüglichsten Stücke der christlichen Glaubens- und Sittenlehre. Die Darstellung ist einfach und allgemein verständlich, und doch voll lebendiger Bewegung; tiefere dogmatische Erörterungen kommen nicht vor; die Lehre von der Prädestination wird nicht berührt; dagegen finden sich aber, neben der unvermeidlichen Polemik gegen die römische Kirche, die trefflichsten Ermahnungen zu einem frommen, streng sittlichen Wandel. In dem Kapitel über die Erziehung der Kinder erkennt man bereits alle die Züge, welche später die französischen Reformirten ihren katholischen Landsleuten gegenüber so rühmlich ausgezeichnet haben. Als Beispiel seiner Schreibart und überhaupt seiner geistigen Eigenthümlichkeit, möge hier eine Stelle folgen über das Verbot des Bibellesens in Frankreich: „Ach Gott, welch ein Greuel! Sonne, kannst du mit deinen Strahlen ein solches Land bescheinen? Erde, kannst du solche Menschen tragen und denen, die ihren Schöpfer so verachten, deine Früchte schenken? Und du, o Herr, bist du so mitleidig, so langsam zum Zorn bei einem so großen gegen dich begangenen Frevel? Hast du nicht deinen Sohn zum König über Alle verordnet? Soll sein heiliges Wort, das du ihm aufgetragen hast uns zu lehren, verboten sein als ein unwürdiges, schlechtes, für die die es lesen gefährliches Wort? Erhebe dich, o Herr! Zeige, es sei dein Wille, daß dein Sohn geehrt und die heiligen Gesetze seines Reiches verkündigt, erkannt und von Allen gehalten werden. Laß die Posaune deines Evangeliums in aller Welt erschallen! Verleihe deinen Predigern Kraft und Muth, und zerstöre die welche Irrthum verbreiten, damit die ganze Erde dir diene, dich anrufe, dich anbete in tiefer Ehrfurcht."

Auch noch einige andere kleine Traktate soll Farel damals geschrieben haben. Sein Freund, der nach Basel geflüchtete Lyoner

Buchdrucker Johann Vaugris schrieb ihm sogar, er möchte an eine französische Bibel-Uebersetzung denken. Für eine solche Arbeit war er indessen der Mann nicht; wenn auch theologisch gebildet, so war er doch mehr zur thätigen Wirksamkeit nach Außen geboren, als zu ruhiger gelehrter Beschäftigung. Uebrigens hätte ihm jetzt, so wie in den nächsten Jahren, die Muße dazu gefehlt. Die katholischen Schweizer Kantone begehrten von dem Herzog, dessen Interesse erforderte sie zu schonen, die Entfernung der Prediger; Erasmus klagte Farel bei dem bischöflichen Offizial zu Besançon als gefährlichen Unruhstifter an; Ulrich von Würtemberg verließ Mümpelgard; seines unmittelbaren Schutzes entbehrend zog daher Farel im Sommer 1525 aus dem Lande fort, nachdem er auch in der Gegend von Belfort manchen Samen ausgestreut hatte. Er kehrte nach Straßburg, den Sammelplatz aller Flüchtlinge, zurück; hier traf er Lefèvre und seine andern Freunde aus Meaux. Noch während seines Aufenthalts zu Basel hatten er und Oecolampad Roussel in häufigen Briefen zu kräftigerm Auftreten ermahnt; Roussel hatte sogar von Farel die Sendung von Druckmaterial begehrt, um reformatorische Schriften zu drucken; mehrmals hatte er auch Bücher von ihm erhalten; allein die in Frankreich ausgebrochene Reaction und die Schwäche Briçonnet's hatten Roussel, Lefèvre und Michel b'Arande genöthigt zu fliehen. Da noch andere französische und lothringische Flüchtlinge sich in der freien Reichsstadt eingefunden hatten, unter andern Franz Lambert von Avignon und der Ritter von Esch, aus Metz, so sammelte Farel sie zu einer Gemeinde, deren erster Prediger er ward. Unter ihren Mitgliedern, so wie überhaupt unter den evangelischen Franzosen, brachte der damals ausgebrochene Abendmahlsstreit große Bewegung hervor. Während Franz Lambert zu Luther hielt, waren Farel und die meisten Andern der Zwingli'schen Auffassung zugethan, beklagten aber schmerzlich das drohende Zerwürfniß. Peter Toussaint, früher Kanonicus zu Metz und jetzt einer der thätigsten französischen Evangelisten, schrieb an Farel, die Straßburger zu vermögen mit Luther zu handeln: „bedenke, sagte er, die Verwirrung, wenn diese Verschiedenheit der Lehre benützt wird, der Welt vorzugeben, Straßburg habe einen andern Glauben, und Nürnberg einen andern. Würden nicht die Fürsten die Gelegenheit ergreifen, uns zum alten Götzendienst zurückzuführen?" Was die Straßburger in der Sache thaten, ist bekannt; Farel seiner Seits sandte ein ausführliches Schreiben an Bugenhagen; da in demselben nur Zwingli's Ansicht entwickelt und vertheidigt war, konnte es auf die Norddeutschen wenig wirken; es ist aber wichtig um Farel's damaligen Standpunkt zu bezeichnen.

Nicht weniger als dieser unselige Streit schmerzte ihn die ängstliche Rückhaltung Lefèvre's und Roussel's, die es nicht einmal wagten in Straßburg ihren wahren Namen zu nennen; vergebens erinnerte Farel seinen ehmaligen Lehrer an dessen Weissagung von einer Erneuerung der Welt, und ermahnte ihn Mitarbeiter dabei zu sein. In einem Briefe an Zwingli (12. Dez. 1525) klagte er über die Unentschiedenheit dieser Männer, die statt das Kreuz Christi auf sich zu nehmen, Gott und den Menschen zugleich dienen wollten. Bald darauf (Mai 1526) wurde es Lefèvre und seinen Freunden gestattet nach Frankreich zurückzukehren, an den Hof Margaretha's von Alençon, die Gerhard Roussel zu ihrem Prediger ernannte. Unter dem Schutze der edlen Fürstin, trat dieser nun, eine Zeit lang, mit größerem Muthe auf. Er wünschte sogar, daß auch Farel in das Vaterland zurückkommen könnte; von der mystischen Margaretha, welcher Farel's kühner, durchgreifender Geist nicht zusagte, konnte er jedoch für diesen nichts erhalten als eine Summe Geldes. Er suchte sich nun bei Andern für den ihm immer noch theuern Freund zu verwenden; den 7. Dezember 1526 meldete er ihm, er habe endlich ein Arbeitsfeld für ihn gefunden; auf seine Empfehlung hin, solle er ihn im Namen der beiden Söhne des Fürsten Robert de la Marck, Robert von Saulcis und Wilhelm von Jamets, berufen um in ihren Gebieten das Evangelium zu predigen; sie erwarteten ihn mit Ungeduld und wären bereit eine Druckerei zu errichten, damit er auch durch Schriften wirken könnte. Auch Peter Toussaint schrieb ihm um ihn zu schnellem Kommen zu bewegen. Allein bereits war Farel nicht mehr frei. So sehr auch die Thätigkeit in Straßburg in Gemeinschaft mit seinen Landsleuten ihn erfreut hatte, und so anregend und lehrreich der Umgang mit Butzer und Capito für ihn gewesen war, so hatte er sich doch nach einem selbstständigern Wirkungskreise gesehnt; er fühlte sich berufen zur Missionsthätigkeit, zu freiem Handeln und Kämpfen für die Reformation. Zu diesem Berufe hatte ihm auch Gott alle nöthigen Eigenschaften geschenkt, einen zwar schmächtigen, aber rüstigen, alle Mühseligkeiten ausbauernden Körper, eine Donnerstimme, wie Beza sich ausdrückt, eine glühende, bilderreiche Beredsamkeit, einen Muth, den die Gefahr anfeuerte statt ihn einzuschüchtern, eine Kraft der Ueberzeugung und des Willens, die bis ans Ende seiner langen Laufbahn ungebrochen blieb. Das Eigenthümliche seines Wirkens ist das schonungslose Bekämpfen des bloß äußerlichen Gottesdienstes, und das strenge, oft schroffe Dringen auf Reinheit des Lebens. Es erklärt sich dies aus seiner eigenen innern Bildungsgeschichte, aus der Art wie er, der in seiner Jugend ein fanatischer Bilderverehrer gewesen, und trotz der Verweltlichung der Geistlichen und der Mönche dieselben für „göttlich" gehalten hatte, sich zur Erkenntniß der Wahrheit durchgekämpft hatte. Entrüstet darüber, daß die Menschen an dem Aeußern und

Unheiligen hingen, wollte er dieses unbedingt, und oft gewaltsam entfernen.

Im Oktober 1526 war er zu Fuß, und manche Gefahr ausstehend, von Straßburg nach Basel, und nach kurzem Aufenthalte in dieser Stadt wo eine Pest wüthete und der Rath ihm immer noch ungünstig war, nach Bern gegangen. Hier hatte ihm Bertholb Haller den Rath ertheilt die Reformation der romanischen Schweiz zu versuchen, und zunächst zu Aelen (Aigle) im untern Rhonethale, das den Bernern unterthan war. Ohne Verzug war er diesem Rathe gefolgt; um sich in die Herzen des unwissenden und rohen Volkes den Weg zu bahnen, war er zu Aelen als Lehrer der Kinder aufgetreten, unter dem Namen Wilhelm Ursinus. Den 30. November wagte er es zum ersten Mal zu predigen; da erhob sich ein Sturm, Behörden und Priester widersetzten sich seiner weitern Thätigkeit. Er beklagte sich bei der Regierung von Bern, worauf diese den 8. März 1527 der Obrigkeit von Aelen den Befehl erließ ihn öffentlich und ungehindert das Wort Gottes verkündigen zu lassen; zugleich erhielt er seine förmliche Bestallung als Schullehrer und Prediger. Von nun an hatte sein Wirken bessern, obschon sehr langsamen Erfolg. Mehrere Thatsachen beweisen, wie unwissend die Geistlichen und Mönche in diesen Gegenden waren. Zu Lausanne war ein Prediger, Natalis Galéot, der den Ruf hatte ein gelehrter und der Wahrheit nicht unzugänglicher Mann zu sein. Farel richtete drei längere Schreiben an ihn, in der Hoffnung ihn zur Besprechung der großen Fragen zu bewegen, die die Christenheit beschäftigten. Erst auf den dritten Brief erfolgte eine Antwort, aber in hochfahrendem, beleidigendem Tone, und ohne sich auf irgend welche Gründe einzulassen. Ein ander Mal traf Farel auf offener Straße mit einem Bettelmönche zusammen, der an einem benachbarten Orte gegen ihn gepredigt hatte; ihre Unterredung zog eine Menge Leute herbei und endete damit, daß Beide ins Gefängniß abgeführt wurden; vor dem Richter that der Mönch Abbitte und versprach einer Predigt Farel's beizuwohnen und ihn dann zu widerlegen, wenn er könnte; er zeigte sich jedoch nicht mehr in Aelen. Endlich mißglückte ein Versuch die Clarissinnen von Bevay zu bekehren.

Im Januar 1528 wohnte Farel dem Berner Religionsgespräch bei, wo er seine Freunde aus Basel und Straßburg wieder sah. Für die französischen Aemter Aelen und Granson wurde, den 15., ein eigenes Gespräch gehalten, in welchem Farel für die Reformation das Wort führte, ohne jedoch die Gegner gewinnen zu können. In Aelen selbst erwartete ihn neuer Widerstand von Seiten der Behörden und der Geistlichkeit; die Berner Regierung sandte zuletzt Abgeordnete, um den Prediger zu beschützen und den Stand der Dinge zu untersuchen; in den Gemeinden des Amtes Aelen wurde über die Reformation abgestimmt, Ormont blieb katholisch, Aelen, Bex und Olon erklärten sich für Abschaffung der Messe. Zwar fügte sich die Minorität nicht leicht in die durch Stimmen-Mehrheit eingeführte neue Ordnung; Farel hatte noch manchen Kampf zu bestehn, doch ging von nun an seine Wirksamkeit einen regelmäßigern und daher erfolgreichern Gang.

Im Juni 1529 ertheilte ihm der Berner Magistrat die Befugniß, auch in den Herrschaften und Orten zu predigen, mit denen Bern im Bürgerrecht stand, jedoch mit dem Vorbehalt, „daß dieselben es wünschten". Er verließ Aelen, und schlug seinen Sitz zu Murten auf, welcher Ort zugleich Bern und Freiburg unterthan war, und wo er schon das Jahr zuvor einmal gewesen war. Eine seiner ersten Arbeiten zu Murten war die Abfassung eines Sendschreibens „an die Obrigkeiten und Völker, zu denen ihm der Herr Zutritt gestattete"; er erzählte darin, als belehrendes Beispiel, seinen eigenen religiösen Entwicklungsgang, wie er aus einem abergläubischen Katholiken ein Zweifler, und zuletzt nach schweren innern Kämpfen, ein Bekenner und Prediger der Wahrheit geworden. Daran knüpfte er Ermahnungen dieser Wahrheit allein zu folgen, und Warnungen besonders an die Lehrer des göttlichen Wortes, das Evangelium rein zu verkündigen, ohne Rücksicht auf Gunst oder Ungunst der Menschen. Er selbst fuhr fort auf diese Weise rastlos zu wirken. Von Murten aus machte er Reisen in die Umgegend, trat zu Lausanne auf, zu Neustadt (Neuveville) wo er den Pfarrer bekehrte, in den Jurathälern, zu Biel, und in den meisten Orten des Seegeländes der Waadt. Ueberall traf er auf Widerstand, überall ließ er aber auch Keime eines neuen Lebens zurück. Im Dezember kam er nach Neuenburg (Neufchatel); Georg von Rive, Herr von Prangin, Statthalter der am Hofe Franz des I. anwesenden Markgräfin Johanna von Hochberg, Wittwe des Herzogs von Longueville, erließ alsobald ein strenges Verbot gegen den gefürchteten Prediger. Der Pfarrer von Serrières, Eymer Beynon, ließ ihn jedoch auf öffentlichem Platze auftreten; die versammelte Menge theilte sich in Gegner und Freunde, es entstand ein wilder Lärm. Leute aus Neuenburg, die Farel zu Serrières hörten, führten ihn in die Stadt selbst, wo er gleichfalls in den Straßen und auf den Märkten seine Predigt erschallen ließ, und aller Drohungen ungeachtet, zahlreiche Anhänger fand. Als er kurze Zeit nachher abermals nach Neuenburg kam, war die Einwohnerschaft in zwei erbitterte Parteien getheilt, die eine für, die andere wider die Reformation. Bern ermahnte vergebens zur Mäßigung; selbst Farel, dessen Eifer in diesen Kämpfen immer mehr entbrannte überschritt die Grenzen. Als er einst sagte, da man in der Rathebrale das Recht habe Messe zu lesen, so sei es billig auch das Evangelium daselbst zu predigen, machten sich seine Zuhörer auf, führten ihn nach dem Münster, wo er alles Widerstandes ungeachtet, die Kanzel bestieg, und gegen den Bilderdienst so gewaltig eiferte, daß das Volk ohne Verzug an die Zerstörung der Bilder ging. Beide Theile wandten sich an Bern; es erschienen Abgesandte, welche auch hier die Einwohner abstimmen ließen; 19 Stimmen entschieden zu Gunsten der Reformation; die Abschaffung der Messe wurde vom 23. Oktober 1530 datirt, beide Theile gelobten sich in Frieden zu ertragen und ein Vertrag mit der Markgräfin von Hochberg bestätigte die neue Ordnung der Dinge. Mehrere Geistliche des Landes erklärten sich für die Reformation, und einige vorübergehende Stürme abgerechnet, befestigte sich die evangelische Kirche zu Neuenburg von Tag zu Tag. Während dieser Zeit durchzog Farel die Landgemeinden, mit manchen Widerspenstigkeiten kämpfend, ja häufig von den aufgehetzten Bauern mißhandelt. Zu Valengin, wo sein Gefährte und Landsmann, Anton Boyve, unkluger Weise dem Priester die Hostie aus der Hand riß, wurden sie geschlagen bis auf's Blut und in das Gefängniß des Schlosses geworfen. Die Neuenburger eilten herbei, drohten das Schloß anzuzünden, und erhielten nur mit Mühe die Freiheit der Prediger. Bereits sechs Monate später wurde auch zu Valengin die Messe abgeschafft.

Farel kehrte nach Murten zurück, von wo aus er mehrere Missionsreisen in die Umgegend machte; auch schrieb er nach Straßburg, man möge ihm tüchtige französische Prediger schicken. Er predigte zu Avenches, und besonders zu Orbe, bald von dem Pöbel verfolgt, bald mit Mönchen disputirend, aber stets von Bern unterstützt. Zu Orbe hatte er anfänglich nur geringen Erfolg, obwohl schon vorher einige evangelisch Gesinnte unter den Bürgern waren; unter diesen war ein junger Mann, der bald einer der thätigsten Gehülfen Farel's wurde, Peter Viret, dessen Schicksale wichtig genug sind eigens erzählt zu werden. Zu S. Blaise, wohin Farel von Neuenburg aus ging, ward er schwer mißhandelt und mit dem Galgen bedroht; nur mit Mühe entkam er nach Murten. Hier traf er einen andern seiner Landsleute, Christoph Fabri, von Vienne in Dauphiné; Fabri ersetzte ihn nun zu Murten, während seiner häufigen Reisen; bald darauf wurden er und Anton Marcourt, von der Anfangs 1532 gehaltenen Berner Synode, der auch Farel beiwohnte, als Pfarrer von Neuenburg erwählt. Aehnliches geschah zu Granson, wo der unermüdliche und unerschrockene Farel, beschimpft, verleumdet, zu Boden geschlagen, in's Gefängniß geworfen, und von der Berner Regierung selbst zuletzt gebeten die Gegend zu verlassen, dennoch, wenige Monate später, eine Gemeinde sich bilden sah. Es würde zu weit führen, sollten hier die Versuche erzählt werden, die er während dieser vielbewegten Jahre auch in andern Ortschaften des Juragebirges zu Corcelle, zu Boudevillier, u. s. w. machte, wo er, gegen die Rohheit des Volkes, und den Fanatismus der Priester kämpfend und vielfache Schmach erduldend, meist den Sieg errang oder ihn doch vorbereitete.

Zu Murten, im Juli 1532, verfaßte Farel ein Sendschreiben „an alle Liebhaber des heiligen Worts", zum Zweck, die in Frankreich und anderswo bedrängten Evangelischen zur Ausdauer aufzumuntern und ihnen zu empfehlen, auch mitten in den größten Gefahren, ein frommes Leben zu führen. Bald darauf, als er die neue Gemeinde zu Granson ordnete, trafen daselbst zwei Waldenser Prediger bei ihm ein, Georg Morel und Peter Masson, die von einer Reise nach Straßburg und den protestantischen Städten der Schweiz zurückkehrend, ihn baten der Synode beizuwohnen, welche in dem Thale von Angrogne, in den Piemontesischen Alpen gehalten werden sollte. Farel und sein Gehülfe Anton Saunier, gleichfalls aus dem Dauphiné, begaben sich dahin, aller Gefahren ungeachtet; die Synode trat den 12. September 1532 zu Chanforans in dem genannten Thale zusammen; sie beschloß sich den Grundlehren der Reformation anzuschließen um die Glaubensgemeinschaft zwischen den Waldensern und allen Evangelischen herzustellen. Farel rieth noch besonders Schulen in den Thälern zu errichten, und sandte später von Murten aus vier Lehrer, deren einer Robert Olivetan war. Die Waldenser wünschten auch, Farel möchte ihnen eine französische Bibel-Uebersetzung besorgen lassen; auf seine Empfehlung übernahm und vollbrachte Olivetan dieses Werk.

Bei ihrer Rückkehr aus Piemont, kamen Farel und Saunier Anfangs Oktober 1532 nach Genf. Die kirchliche und politische Gährung, die in dieser Stadt herrschte, konnte ihnen nicht unbekannt sein; auch hatten sie wohl von der kleinen Anzahl Protestanten gehört, die sich hier gesammelt, und gegen die man, schon im März 1530 Straf-Dekrete bekannt gemacht hatte. Schon 1531 hatte Zwingli Farel's Aufmerksamkeit auf Genf gerichtet, als auf ein würdiges Ziel seiner Thätigkeit. Die aber, welche „den armseligen, schmächtigen Prädikanten, Meister Wilhelm", einen kleinen Mann, mit sonnverbranntem Gesichte und röthlichem Barte, ankommen sahen, ahnten nicht, welche Folgen diese Ankunft haben würde, so wenig, als er selber das voraus sehen konnte, was Gott hier durch ihn zu wirken beschlossen hatte. Ein längerer Aufenthalt lag diesmal nicht in seiner Absicht; wie es kam, daß die Genfer, die im Geheimen der Reformation zugethan waren, seine Anwesenheit erfuhren, ist unbekannt; sie drängten sich aber um ihn, und belehrt über das, was noch unvollkommen in ihrem Glauben war, beeiferten sie sich, die evangelischen Grundsätze weiter zu verbreiten. Mit der politischen Lage Genf's und den Partheiungen unter der Bürgerschaft, so sehr sie auch mit der Genfer Reformationsgeschichte verwoben sind, haben wir uns hier nicht zu befassen; wir müssen voraussetzen, daß sie den Lesern aus der Biographie Calvin's bekannt genug sind.

Die durch die Ankunft der Prediger entstandene Bewegung veranlaßte den Rath, Farel und Saunier vor sich zu rufen; als jener sich diesmal mit Mäßigkeit vertheidigte und die Empfehlung der Berner vorwies, begnügte man sich, ihn, im Namen der öffentlichen Ruhe, zu bitten, die Stadt zu verlassen. Ehe er dieser Bitte nachkommen konnte, wurde er vor den bischöflichen Vikar, Abt von Beaumont gerufen, um sich wegen seiner Lehre zu rechtfertigen. Nichts konnte ihm erwünschter sein als dieser Ruf; da er vorher auf den Straßen von dem Pöbel beschimpft worden war, verlangte er sicheres Geleit; von zwei der Syndics begleitet, begab er sich dann mit Saunier in das Haus des Vikars. Seine Hoffnung auf eine regelmäßige Disputation wurde jedoch getäuscht; bei seinem Eintritt rief ihm der Fiscal-Procurator Wilhelm de Vegio die Worte entgegen: „Komm daher, du böser Teufel Farel, warum ziehst du in der Welt herum um alles zu verwirren? wo kommst du her? Was willst du hier? Wer hat dich gerufen und dir zu predigen erlaubt?" Farel antwortete mit der größten Gelassenheit: „ich bin kein Teufel, ich ziehe herum um Jesum Christum zu predigen, der für unsere Sünden gestorben und zu unserer Rechtfertigung auferstanden ist, so daß, wer an ihn glaubt, das ewige Leben erhält, wer aber nicht an ihn glaubt, verdammt wird. Zu diesem Zwecke bin ich von Gott, unserm guten Vater, gesandt als Bote Christi, um ihn denjenigen zu predigen, die mich hören wollen. Ich bin bereit Rechenschaft von meinem Glauben vor euch abzulegen, sofern es euch gefällt mich anzuhören in Gebuld; ich habe keine andere Autorität als die von Gott mir verliehene, um sein Diener, und nicht der Diener der Menschen zu sein." Er schloß, von dem Anblicke der zornentbrannten Gegner gereizt, mit den Worten: „nicht ich störe die Ruhe dieser Stadt, ihr thut es, indem ihr nicht nur Genf, sondern die ganze Welt durch eure Menschensatzungen und euer schlechtes Leben in Verwirrung bringt." Mehr brauchte es nicht, um die Wuth der anwesenden Priester zum Ausbruch zu bringen: „er hat Gott gelästert! wir brauchen keine Zeugen mehr, er ist des Todes schuldig," so riefen die geistlichen Herren, wie ehemals die Hohenpriester zu Jerusalem; „in die Rhone mit ihm! es ist besser, dieser abscheuliche Luther sterbe, als daß das ganze Volk zu Grunde gehe!" Farel erhebt entrüstet die Stimme: „redet die Worte Gottes, und nicht die des Kaiphas!" Er wird mit Saunier hinausgestoßen und nach dem Berichte einer Nonne, die Zeuge des Auftrittes war, auf der Straße von mehr wie achtzig Priestern überfallen „die alle wohl mit Prügeln bewaffnet waren, um den heiligen katholischen Glauben zu vertheidigen und bereit für ihn zu sterben." Um dem Tumulte ein Ende zu machen, wird ihm von Raths wegen bei Todesstrafe befohlen, in drei Stunden die Stadt zu verlassen. Nur mit Mühe gelang es mehrern Magistratspersonen ihn den Händen der Priester zu entreißen; einer dieser leztern stach nach ihm mit einem Degen, ein andrer ließ durch einen Mann des Volkes eine Büchse auf ihn abfeuern, beidem aber entging er, zum großen Leidwesen der guten Nonne, welche diese Heldenthaten berichtet hat. Erst Tags darauf verließ er mit Saunier das damals noch so fanatische Genf; ein Schiff brachte sie über den See; bei Lausanne stiegen sie an's Land und kehrten, diese Stadt vermeidend, nach Orbe und Granson zurück. Zu Granson traf Farel mit einem jungen Landsmanne zusammen, Anton Froment, den er bewog nach Genf zu gehen, um im Geheimen das begonnene Werk fortzusetzen. Er selber begann sein Predigen in der Umgegend wieder; im Juni des folgenden Jahres 1533 machte er zu Peterlingen (Payerne), wo Viret schon einige Freunde gesammelt hatte, einen Reformationsversuch, den er mit Gefängniß büßen mußte; doch bildete sich nicht lange nachher eine blühende evangelische Gemeinde in dieser Stadt.

Wenig Tage nach Farel's Entfernung, im November 1532, war Froment nach Genf gekommen, und hatte sich als Lehrer der Kinder angekündigt; er gab Unterricht im Schreiben und Rechnen, sprach aber auch hin und wieder von religiösen Dingen. Mehrere Familienväter luden ihn ein ihnen das Evangelium zu erklären; auch die schon früher zum Protestantismus Bekehrten traten dazu, und Froment predigte mehrmals in Privathäusern vor immer wachsender Versammlung. Bald wuchs auch dieser der Muth, und es wurde beschlossen, daß am Sylvestertage Froment in der Magdalenenkirche predigen sollte. Die Geistlichkeit ließ Sturm läuten, das Volk lief zusammen, und die Predigt mußte unterbleiben. Allein am folgenden Tage, dem ersten des Jahres 1533, hielt der junge Reformator auf dem Molard-Plaze, eine noch erhaltene freimüthige Rede über die Mißbräuche und Irrthümer des römischen Katholicismus; er konnte sie jedoch nicht beendigen, denn von dem Pöbel und den Priestern bedroht, mußte er sich in das Haus eines Freundes retten und nach mehreren gefahrvollen Tagen über den See entfliehen.

Die Zahl der Anhänger der Reformation war indessen bedeutend gestiegen; sie fühlten sich bereits stark genug um Abgeordnete nach Bern zu schicken, die Farel als Prediger begehren sollten. Bern gestattete ihn gern, mit Gesandten der Regierung dieses Ortes kehrte er nach

Genf zurück, allein er mußte unverrichteter Sache abermals die Stadt verlassen. Dagegen berief die, von Freiburg unterstützte katholische Parthei einen Doctor der Sorbonne, den gelehrten, aber heftigen Dominikaner Guy Furbity; dieser predigte, während des Advents 1533, mit maßloser Leidenschaftlichkeit gegen die Ketzer und gegen die Berner, deren Beschützer. Die Genfer Reformirten berichteten dies nach Bern; es kamen Gesandte, um sich zu beklagen, und mit ihnen Farel, Viret und Froment. Während der Rath über Bern's Klage gegen Furbity verhandelte, predigten, dieser öffentlich gegen die Reformation, und Farel in Privathäusern gegen das Papstthum. Die Berner Gesandten drangen auf eine Disputation zwischen den zwei Gegnern; Furbity erklärte sich bereit, erhielt aber von dem bischöflichen Vikar die Erlaubniß nicht; auf wiederholtes Begehren des Magistrats, willigte er endlich ein sich mit Farel öffentlich zu besprechen, und that Abbitte wegen seiner Ausfälle gegen Bern. Den 29. Januar 1534 begann die Disputation, in dem Genfer Rathhause, vor dem großen und dem kleinen Rath, und vor den Berner Gesandten. Furbity behauptete das Recht der Kirche, Anordnungen zu treffen, die nicht von der Bibel verordnet wären; Farel läugnete es; dies war der Hauptgegenstand des, während mehrerer Tage fortgesetzten, und öfters durch Geschrei gestörten Gesprächs. Der Mönch zeigte sich in der katholischen Theologie tüchtig bewandert, aber unlogisch, ungeschickt und ungestüm; Farel widerlegte ihn mit Feuer, und stellte ihm die Sätze entgegen, Christus sei allein Herr der Kirche und was nicht in der Bibel gegründet sei, müsse verworfen werden. Seine Erörterungen wurden mehrmals von Furbity unterbrochen, der ungeduldig ausrief: „wir sind nicht hier um lange Predigten zu hören, ihr wißt nicht was Disputiren heißt." Er hatte nicht Unrecht; denn von seinem Eifer fortgerissen, ging Farel über die scholastische Form einer Disputation hinaus, und benutzte die Gelegenheit, um vor dem versammelten Rath die reformirten Lehren zu entwickeln und die katholische zu bekämpfen. Mochten indessen seine Reden zu lang sein, so waren seine Gründe schlagender und seine Beredsamkeit mächtiger als die des durch seine Verlegenheit mürrisch gewordenen Mönchs. Als dieser von dem Nutzen der Hierarchie für die Kirche redete, rief Farel aus: „Wollte Gott, daß ihr und alle, die den Namen Doctoren tragen, Liebe genug zur Kirche hätten, um sie zu erbauen und in ihrer Reinheit wieder herzustellen! In euern Universitäten und Versammlungen handelt ihr aber ohne Rücksicht auf Gott und sein Recht; ihr hört das christliche Volk nicht, das doch berufen werden sollte, sondern was ihr beschließt, es sei Recht oder nicht, das muß gehalten werden bei Todesstrafe; und will euch einer aus der Schrift widerlegen, so verweist ihr ihn mit seinen Gründen an den Henker. Die Schrift allein soll Autorität haben in der Kirche; so ist es nicht mehr, ihr allein seid Alles und thut Alles, ihr schneidet und näht wie es euch beliebt; auf das Volk wird so wenig geachtet als auf unvernünftiges Gethier. Ihr haltet die Fürsten unter eurer Gewalt, während ihr der Obrigkeit unterthan sein solltet. Eure Gebote sollen befolgt werden; die Gottes und der Obrigkeit tretet ihr mit Füßen. Die heilige Schrift weiß nichts von Papst, Kardinälen, Bischöfen. Wie könnt ihr eure Würden, Aemter, Grade, Benefizien dem heiligen Geiste zuschreiben? Wahrlich, nicht der Geist Christi, der sanftmüthig und demüthig ist, sondern der ihm feindselige Geist hat dies Alles eingeführt. Ihr wollt einen Christus, der reich und mächtig sei in dieser Welt und diejenigen tödten lasse die ihm widerstehn. So war unser Herr nicht, er war arm, verfolgt, verspottet, und wurde getödtet von seinen Widersachern. Ich staune, daß man zu sagen wagt die Kirche des Papstes werde wie die erste durch den heiligen Geist regiert und Christus lebe in ihr; in der That, der heilige Geist und Christus wären sonderbar verändert! Nein, er regiert vielmehr die welche in dieser Zeit verfolgt, vertrieben, verbrannt werden für sein Evangelium wie in den Zeiten der alten Kirche; mit diesen ist Christus; wie könnten sie sonst bestehn, da man sie grausamer behandelt als je? Der Herr hat uns dies vorausgesagt, wir tragen es in Glauben und Gedulb, denn wir wissen, daß er vollenden wird was er begonnen hat, und das gerechte Blut rächen, das für sein Wort vergossen wird." Noch mehrmals sprach sich Farel in solcher Weise aus. Man begreift welchen Eindruck solche Reden machen mußten, zumal da der Gegner selber die Macht derselben empfand. Gedrängt, und unvermögend aus der Bibel zu argumentiren, sagte Furbity zuletzt: „was ich gepredigt habe, kann ich nicht durch die Schrift beweisen, ich habe es aus der Summe des h. Thomas genommen; ich bitte euch dies zu merken, ich habe Niemanden tadeln wollen." Er versprach sogar, in der Peterskirche öffentlich Abbitte zu thun und seine Irrthümer zu widerrufen; kaum hatte er aber, den 15. Februar, die Kanzel bestiegen, als er wieder in heftige Anklagen gegen die Ketzer ausbrach. Er wurde hierauf ins Gefängniß gelegt, und erst mehrere Jahre später, auf Verwenden des Königs von Frankreich, wieder befreit.

Während der Dauer des Gesprächs, dessen Haltung und Ausgang Viele für die Reformation bestimmte, hatten Farel und Viret fortgefahren in Privathäusern zu predigen. Die Gemüther erhitzten sich immer mehr; die schmählichsten Gerüchte wurden über die Reformatoren verbreitet, wüstes Gesindel verfolgte sie in den Straßen und tobte vor ihrer Wohnung, so daß mehrere ihrer Anhänger sich zu ihrem Schutze bewaffneten. Freiburg drohte das Bündniß mit

Genf zu zerreißen; der Bischof hatte schon den 1. Januar 1534 alles Predigen ohne seine Erlaubniß verboten, und unter Strafe des Bannes das Verbrennen der Bibel=Uebersetzungen verordnet. Allein Farel's Ansehn war bereits so groß, daß die Syndics ihm sagen ließen, er möge sich nicht stören lassen, nur möge er noch nicht öffentlich predigen. Als jedoch, den 1. März, der Barfüßer Franz Coutelier in der Kirche seines Klosters die Reformation angriff, bestieg Farel, der diese Rede mit angehört hatte, sofort die Kanzel und widerlegte den Mönch; dies war seine erste öffentliche Predigt zu Genf; sie setzte den noch zögernden Magistrat in nicht geringe Verlegenheit. Man bat die Berner Gesandten, die im Begriff waren abzureisen, Farel zu bewegen, sie zu begleiten und versprach zugleich, dem Coutelier das fernere Predigen zu verbieten. Farel blieb jedoch und erbot sich mit Letzterem zu disputiren; der Rath gab es zu, nur mit der an Farel gerichteten Bitte, Rücksicht zu nehmen auf den in der Stadt herrschenden unglücklichen Zwiespalt. Die Disputation fand nicht statt; Farel war bereits gefürchtet, „als die Geißel der Priester," wie die Gegner ihn nannten. Das Reformationswerk machte die raschesten Fortschritte; schon den 30. April sprach der Bischof, der sich nach Annecy zurückgezogen hatte, den Bann aus über Genf; Freiburg sagte sich von dem Bündnisse los und der Herzog von Savoyen drohte mit Krieg. Genf wurde aber von Bern unterstützt, und unter dem Schutze dieses mächtigen Verbündeten, und nicht mehr genöthigt auf Freiburg Rücksicht zu nehmen, zeigte sich der Magistrat der Reformation täglich günstiger. Es darf indessen nicht verschwiegen werden, daß auch Gewaltthätigkeiten, Zerstören von Bildern und Altären, Mißhandlungen von Priestern und Mönchen vorfielen, und daß in dieser ersten Zeit manche unreine Elemente sich mit den reformatorischen Bestrebungen des Volkes vermischten; die herrschende Sittenlosigkeit, die politischen Entzweiungen, das fanatische Betragen der römischen Geistlichkeit mögen diese Erscheinungen erklären, ohne sie zu entschuldigen. Erst Calvin vermochte, nach langen Kämpfen, aus dem gährenden Stoff ein neues Leben zu gestalten.

Ein von einem Genfer Canonicus gegen Farel, Viret und Froment angestifteter Vergiftungsversuch mißlang, brachte aber eine Entrüstung hervor, welche das Ansehn der Geistlichkeit vollends vernichtete. Farel predigte ungehindert in der Kirche der Vorstadt Rive; er begann sogar Ehen einzusegnen und die Sakramente zu verwalten. Den 2. April 1535 wies der Magistrat ihm und Viret eine Wohnung an im Kloster von Rive. Mehrere Mönche dieses Klosters traten zur Reformation über; einer derselben besonders, Jakob Bernard, wurde von der am Pfingsttage gehaltenen Predigt Farels so ergriffen, daß er ausrief, er wolle von nun an sich dem Evangelium widmen;

bereits den 30. Mai hielt er, von Farel und Viret unterstützt, eine Disputation mit Dr. Peter Caroli, der früher zu Meaux zu den evangelisch gesinnten Predigern Briçonnets gehört hatte, und mit dem Dominikaner Chappuis über die Rechtfertigung, die guten Werke, die Tradition, die Heiligenverehrung und die Messe. Nach beendigtem Gespräch erklärten sich auch die beiden Gegner für die Reformation. Bald nöthigen die Bürger Farel, auch in andern Kirchen zu predigen; der Rath will es ihm verbieten, Farel aber bringt darauf, man möge nicht länger zögern; aus den gehaltenen öffentlichen Gesprächen könne man genugsam schließen, auf welcher Seite die Wahrheit sei; auf seinen Vorschlag beschließt man zuletzt die Zusammenberufung des Rathes der Zweihundert auf den 10. August. Zugleich wurde ihm zwar das Verbot wiederholt, anderswo zu predigen, als zu Rive; allein die Bürger ließen es nicht zu; ja den 8. August führte man ihn in die Kathedralkirche zum h. Petrus, wo er von Christo predigte, der die Verkäufer und Käufer aus dem Tempel gejagt, und von der römischen Kirche, die ein großer Markt von Benefizien und Indulgenzen geworden sei und einer durchgreifenden Reinigung bedürfe. Leider schickte sich das Volk sofort an, des Predigers Worte in die That zu übersetzen, indem es die Bilder der Kathedrale zerbrach. Zwei Tage später fand die Versammlung des großen Rathes der Zweihundert statt; Farel erschien, von Viret und Bernard begleitet; er verlangte abermals, in mächtiger Rede, die Einführung der Reformation und schloß mit den Worten: „Wir sind bereit, die Wahrheit dessen, was wir verkündigen, durch unser Blut zu besiegeln; selbst der grausamste Tod erschreckt uns nicht; wir verurtheilen uns selber dazu, wenn unsere Gegner beweisen können, daß das, was wir in den öffentlichen Gesprächen und in unsern Predigten behauptet haben, der heil. Schrift zuwider ist." Nach einigem Zögern beschloß die Versammlung die provisorische Abschaffung der Messe; schon den 27. August erschien ein definitives Reformations-Edikt.

Nach diesem Siege widmete sich Farel mit unermüdlichem Eifer der Befestigung des begonnenen Werkes; er predigte Eintracht, ermahnte den Rath, Gebete halten zu lassen für die Erhaltung des Friedens und der Freiheit der von dem Herzog von Savoyen blokirten und der Hungersnoth Preis gegebenen Stadt; er ließ eine Schule errichten, drang auf Maßregeln zur Verbesserung der Sitten, auf Einführung der Reformation in den Landgemeinden, machte eine auf die ursprünglichste Einfachheit gegründete Kult-Ordnung und bereitete eine Kirchen-Disciplin vor. Viret ging nach Lausanne ab; Christoph Fabri ersetzte ihn, wurde aber bald nach Thonon versetzt, wo ihm in den ersten Zeiten Farel häufig behülflich war. Den 21. Mai 1536 ließ Letzterer die Genfer Bürger den Eid ablegen, dem Evangelium treu zu bleiben. Die letzten Priester und Mönche verließen die Stadt, während das Volk die letzten Bilder aus den Kirchen entfernte. Dabei gab es aber Viele, die in dem Triumph der Reformation nur einen Sieg über den Herzog von Savoyen und den Bischof sahen, und im stolzen Gefühl der neu errungenen Unabhängigkeit von der strengen Sittenreform nichts wissen wollten, die, nach Farel's Sinn, von der Reform des Kultus und der Lehre unzertrennlich war. Es war daher für den vereinzelt stehenden Reformator ein schweres Ding, das zu erhalten, was er gegründet hatte.

Dies war der Stand der Dinge, als um die Mitte des Jahres 1536 Johann Calvin, von Ferrara kommend, in Genf anlangte. Seine Absicht war, nach kurzer Rast, nach Straßburg weiter zu reisen. Peter Caroli erfuhr seine Ankunft und beeilte sich, Farel dieselbe zu melden. Farel, der allein die Last der Genfer Kirche zu tragen hatte und sich nach einem diesem großen Amte gewachsenen Gehülfen sehnte, begab sich alsobald zu dem durch seine Gelehrsamkeit und seinen Glaubenseifer bereits berühmten Ankömmling; er drang in ihn, in Genf zu bleiben, und da Calvin zögerte und begonnene literarische Arbeiten vorschützte, beschwor ihn der Reformator mit so feierlichen Worten, daß er, beinahe erschreckt, sich dem fügte, was ihm als ein ernster Ruf Gottes erschien. Er bot Farel und dem Magistrat seine Dienste an, die mit Freude angenommen wurden; er ward Farel's College und blieb sein innigster Freund bis zu seinem Tod. Obschon zwanzig Jahre jünger als Farel, übte er doch einen mächtigen Einfluß auf ihn aus; Farel's kühner Geist beugte sich unter den hohen, festen Sinn des Meisters; er hörte willig auf seine Zurechtweisungen und nahm später, in den Lehren vom Abendmahl und der Prädestination, dessen Ansichten an.*) Bald fanden die beiden Männer einen neuen Gehülfen, den ehemaligen Augustiner Courault, der sich von Paris nach der Schweiz geflüchtet hatte, und obgleich blind, ein thätiger Beförderer der Reformation zu Genf und in der Umgegend ward.

Um diese Zeit wurde ein öffentliches Religionsgespräch zu Lausanne veranstaltet, wo Viret mit Erfolg das Evangelium verkündigte. Die Veranlassung dazu war die Weigerung der Geistlichen der Vogtei Thonon, sich mit dem dortigen Prediger Fabri in eine Disputation einzulassen. Da sie stets gegen die Reformation predigten, aber jede öffentliche Verhandlung vermieden, hielt es Farel für um so nöthiger, eine solche abhalten zu lassen; sie wurde nun von der Berner Regierung auf den ersten Oktober 1536 ausgeschrieben. Man berief

---

*) 1549 widmete Calvin seinen Freunden Farel und Viret seinen Commentar über die Epistel an Titus; in der Huldigungsschrift spricht er auf schöne Weise von seinem Verhältniß zu Beiden.

Farel, Calvin, Fabri, Marcourt, um mit Viret und Caroli die reformatorischen Lehren zu vertheidigen. Farel stellte zehn Thesen auf über das Grundprinzip der Reformation, die Rechtfertigung durch den Glauben und die daraus sich ergebenden Folgen in Bezug auf das Wesen der Kirche und des Gottesdienstes. Es waren folgende: 1. Die heilige Schrift kennt keinen anderen Weg der Rechtfertigung, als den durch den Glauben an den einmal für uns dahingegebenen Christus; diesen täglich opfern wollen, heißt seine Kraft und sein Verdienst verkennen. 2. Dieser gekreuzigte, auferstandene und zur Rechten des Vaters erhobene Christus ist der einzige Hohepriester, Mittler und Herr der Kirche. 3. Die Kirche Gottes besteht aus denen, die glauben, daß sie blos durch das Blut Christi erkauft sind, und die seinem Worte allein vertrauen. 4. Diese Kirche erkennt man an den durch Christum eingesetzten Anstalten, Taufe und Abendmal, welche Sacramente heißen, weil sie Symbole und Zeichen der Gnade Gottes sind. 5. Sie erkennt keine andern Diener an, als solche, welche das Wort rein predigen und die Sacramente recht verwalten. 6. Sie kennt keine andere Beichte, als die, welche vor Gott geschieht, und keine andere Absolution, als die, welche Gott ertheilt. 7. Sie kennt keinen andern Gottesdienst, als einen geistigen, der weder der Ceremonien noch der Bilder bedarf. 8. Sie kennt keine andere Obrigkeit, als die der Laien; dieser ist der Christ Gehorsam schuldig, insofern sie nichts gegen Gott befiehlt. 9. Die Ehe ist kein Hinderniß der Heiligkeit irgend eines Standes. 10. Was die gleichgültigen Dinge (media) betrifft, wie Speise, Trank, Beobachtung gewisser Zeiten, so ist der Fromme frei zu handeln, wie es ihm gut dünkt, sofern es nur in Liebe geschieht.

Das Gespräch wurde am bestimmten Tage eröffnet, trotz des Widerredens der katholischen Kantone, trotz der wiederholten, von Farel widerlegten Protestationen der Lausanner Stiftsherren, trotz selbst eines kaiserlichen Schreibens an den Magistrat der Stadt. Zahlreiche Priester und Mönche waren zugegen; Drogy, Vicar zu Morges, Johann Mimard, Schullehrer zu Vevay, Johann Michod, Dekan an diesem Orte, der Abt Ferdinand Loys von Lausanne, der Vicar Johann Berilly traten für den Katholicismus auf; der vornehmste Vertheidiger dieses letzteren war aber der französische Arzt Claude Blancherose. Die Verhandlungen wurden, unter dem Vorsitz der Berner Abgesandten, mit allen bei solchen Gelegenheiten damals üblichen Förmlichkeiten in französischer Sprache geführt. Farel vertheidigte die erste These, indem er dem Pelagianismus der Gegner die betreffenden Bibelstellen entgegensetzte; besonders zeigte er, wie ungegründet der Vorwurf war, die Reformirten läugneten die guten Werke, während sie ja gerade die Menschen zur wahren Quelle dieser Werke, zum Glauben, zurückführen wollten. Viret widerlegte die vermittelst sophistischer Auslegung mehrerer alt- und neutestamentlicher Stellen behauptete Nothwendigkeit des täglich zu wiederholenden Opfers Christi. Gegen die zweite These, die Viret entwickelte, trat Niemand auf. Desto mehr Widerspruch fand die dritte, bei welcher auch die Transsubstantiation zur Sprache kam. Farel, Viret, Calvin nahmen nach einander das Wort; Letzterer wies nach, daß das katholische Dogma noch nicht in den Kirchenvätern enthalten ist. Da auf seine Rede die Gegner schwiegen, stand der Barfüßer Johann Tandi auf und erklärte mit eindringlichen Worten, er erkenne die Wahrheit der evangelischen Lehre und entsage dem Papstthum. Bei der vierten und fünften These sprach Viret über die Auctorität des Papstes und der Kirche, und über die verschiedenen Grade der Hierarchie. Entrüstet, daß Niemand sich erhob, um ihn zu widerlegen, sagte der Arzt Blancherose: „Ich bitte mich zu entschuldigen, wenn ich bisher keine genügenden Gründe vorgebracht habe; ich weiß nicht mehr, was man gegen die aufgestellten Sätze einwenden könnte; die Priester, statt mir beizustehn, lassen mich im Stich." Auch über die von Viret entwickelten sechste und siebente Thesen schwiegen die Gegner, obwohl deren über hundert anwesend waren. Erst über die achte entspann sich ein lebhafter Streit zwischen Farel, Viret und Caroli einerseits, und Blancherose und Michod andrerseits; auch die Transsubstantiation wurde wieder hereingezogen. Die neunte und die zehnte der Thesen wurden von Farel und Viret gegen Blancherose vertheidigt; dieser zog sich zuletzt aus der Versammlung zurück. Zum Schluß beklagte sich der Vicar Drogy über die Art, wie die Prediger „die armen Priester" behandelten; sind sie unwissend, so müsse man Mitleid mit ihnen haben; es sei kein großer Ruhm, sie zu besiegen; man solle ihnen Zeit lassen, zu studiren, um sich vertheidigen zu können und keine Irrthümer zu lehren. Er hatte Recht; denn in der That hatten sie durch ihre Haltung beim Gespräch, und besonders dadurch, daß sie das Hauptgeschäft einem Laien, einem Arzte, überließen, genugsam gezeigt, wie unwissend die Geistlichkeit damals in diesen Gegenden war, wie wenig sie zum Kampfe taugte gegen die in jeder Hinsicht ihr so weit überlegenen Reformatoren. In seiner Erwiderung auf Drogy's Rede sagte Viret unter Anderm: „Ihr verurtheilt selbst eure Priester, wenn Ihr sie durch ihre Unwissenheit entschuldigen wollt. Würde ein Schuster berufen, sein Handwerk zu vertheidigen, er fände gewiß die besten Gründe dafür. Ist es daher nicht eine Schmach für die Priester, daß sie das, was sie treiben, nicht zu rechtfertigen vermögen? Thun sie was Rechtes, warum behaupten sie es nicht? Ihr begehrt Zeit, um zu studiren: seid ihr so herabgekommen, daß ihr nicht einmal wißt, ob Ihr recht handelt oder nicht? Wenn Ihr nicht versichert seid, daß die Messe von Gott ist, warum feiert Ihr sie? Sind die Priester so unwissend, wie Ihr es sagt, so sollten sie ihr Amt aufgeben. Ihr wäret nicht thöricht genug, um Euch einem Schiff anzuvertrauen, dessen ungeschickter Steuermann Euch der Gefahr zu ertrinken aussetzen würde. Wie könnt Ihr Euch daher wundern, daß wir Eure Leitung nicht mehr wollen?" Farel beschloß die Verhandlungen, die acht Tage gedauert hatten, durch eine lange Predigt, in der er die zehn Thesen nochmals entwickelte, das Volk und die Priester zur Annahme der Wahrheit ermahnte, und die Reformatoren gegen die gegen sie ausgestreuten Verläumbungen vertheidigte. Der Schultheiß von Bern, Jakob von Wattwyl, lud hierauf die Versammlung ein, in Ruhe die Beschlüsse der Regierung zu erwarten. Die Folge des Gesprächs war, daß schon den ersten November die Reformation zu Lausanne eingeführt, und Viret und Caroli als Prediger der neuen Gemeinde angestellt wurden.

Nach Genf zurückgekehrt legte Farel, den 10. November, dem Rath ein Glaubensbekenntniß und einige disciplinarische Artikel vor. Das Bekenntniß bestand, so wie die Augsburger Confession, aus 21 Artikeln. An der Spitze steht der Grundsatz, daß die heilige Schrift allein die Regel des Glaubens ist; alles, was folgt, ist wesentlich nur eine Entwickelung der theoretischen und praktischen Folgerungen aus diesem Prinzip, sowohl positiv die evangelische Lehre aufstellend, als polemisch die katholischen Irrthümer abweisend. Zuerst wird die Einheit Gottes behauptet; dieser Gott soll allein und im Geiste und in der Wahrheit angebetet werden, woraus die Verwerfung der Heiligenanrufung und der äußern sinnlichen Gebräuche folgt. Sein Gesetz ist das höchste; in dessen Befolgung besteht die Gerechtigkeit, deren Grundzüge sich in den zehn Geboten finden. In Folge des Sündenfalls ist aber der Mensch unvermögend, das Gesetz zu erfüllen und verfällt dem göttlichen Strafurtheil. Durch sich selber kann er sich nicht retten; allein Gott hat ihm in Christo einen Erlöser gegeben; durch den Glauben an diesen erfolgt das Heil. Die Summe des Glaubens ist im apostolischen Symbolum enthalten. Der Glaube bewirkt Rechtfertigung, Wiedergeburt und Vergebung der Sünden bei den Wiedergeborenen, dies Alles aber nur aus freier Gnade Gottes, ohne Rücksicht auf irgend ein Verdienst von Seiten des Menschen. Der Glaube ist ein sicheres Vertrauen in die Verheißungen Gottes, eine Aufnahme Christi so wie er von dem Vater gegeben und in der heiligen Schrift dargestellt ist. Christus ist daher allein anzurufen, und zwar durch Jedem verständliche Gebete; das Mustergebet ist das des Herrn. Der Sacramente sind nur zwei; sie haben zum Zweck, den Glauben an die Verheißungen Gottes zu stärken und denselben vor den Menschen zu bezeugen. Die Taufe ist ein äußeres Zeichen der Wiedergeburt; das Abendmahl ist ein Zeichen, durch welches unter Brod und Wein die wahre geistige Gemeinschaft dargestellt wird, die wir mit dem Leib und Blut des Herrn haben; es soll Allen unter beiderlei Gestalt gereicht werden. Die Kirche bedarf einer Form und Ordnung, aber alle Gesetze, die nur dazu dienen, die Gewissen zu binden, müssen verworfen werden. Die rechte Kirche erkennt man an der reinen Predigt des Wortes Gottes und an der reinen Verwaltung der Sacramente; wo dies nicht stattfindet, ist die Kirche nicht. Da es aber auch in der wahren Kirche, insofern sie eine sichtbare ist, Verächter Gottes und seines Wortes geben kann, so ist der Bann, als heilsames Mittel der Zucht, einzuführen. Es kann keine andere Geistliche (pasteurs) geben, als Diener des Worts; sie haben keinen andern Auftrag, als das Volk Gottes nach seinem Gesetze zu leiten. Alle Obrigkeit ist von Gott eingesetzt; man ist ihr Gehorsam schuldig in Allem, was nicht gegen die heilige Schrift anstößt.

Ob Calvin bei Abfassung dieses Bekenntnisses mitwirkte, ist nicht bekannt; es verräth keine Spuren seines Einflusses. Die Prädestination ist mit Stillschweigen übergangen; von der Dreieinigkeit kommt nichts Anderes vor, als was das apostolische Symbolum sagt; in Bezug auf das Abendmahl wird noch die einfache Zwingli'sche Ansicht ausgesprochen; Farel weiß nichts von einem geistigen Genuß, das Sacrament ist ihm blos Zeichen der geistigen Gemeinschaft Christi. Dem Ganzen lagen die drei althergebrachten Hauptstücke, die zehn Gebote, das Symbolum und das Vater Unser zum Grunde; sie finden sich auch an den betreffenden Stellen eingeschaltet. Es genügte jedoch zur Feststellung der Reformation und zum entschiedenen Bruch mit dem römischen Katholicismus. Dieses Bekenntniß sollte nun von allen Einwohnern und Unterthanen Genfs beschworen werden, bei Verlust ihres Bürgerrechts. Dieser Antrag war an sich schon ein äußerst bedenklicher, wiewohl er den Ideen des sechzehnten Jahrhunderts über Verhältniß von Staat und Kirche entsprach; er wurde aber noch gefahrvoller, bei dem damaligen Zustande Genfs. Leute, welche der strengen Sittenreform widerstrebten, die Farel und Calvin bezweckten; andre, welche mystische und pantheistische Träumereien als Wahrheit predigten, hatten sich zu einer Parthei verbunden, die, unter dem Namen der Libertiner bekannt, verschiedenartige Elemente in sich vereinigte, und nur in der Bekämpfung der sogenannten Tyrannei der Prediger übereinstimmte. Zwei flämische Wiedertäufer, mit welchen im März 1537 Farel und Calvin disputirten, wurden zwar verbannt, ließen aber doch einige Anhänger zurück. Doctor Caroli, bisher der Reformatoren Gehülfe, klagte Farel, Viret und Calvin des Arianismus an; auf zwei Synoden zu Lausanne und zu Bern vertheidigten sie sich; Caroli wurde mit Gefängniß bedroht, entfloh und kehrte zum Papstthum zurück; allein seine Schmähungen hatten bei den Gegnern der Prediger Gehör gefunden. Es genügt hier auf diese Erscheinungen aufmerksam zu machen, um den Widerwillen zu erklären, der sich bei Vielen gegen das Glaubensbekenntniß und die Kirchendisciplin äußerte. Dessenungeachtet wurde jene im Juli 1537 von dem großen Rathe angenommen; durch eine feurige Predigt in der Peterskirche empfahl sie Farel dem Volk. Die Bürger wurden aufgefordert sie zu beschwören; gegen die, die sich weigerten, wurde ein unausführbares Verbannungsdekret bekannt gemacht. Dies diente nur dazu, die Parthei der Libertiner zu vermehren; unter der aufgesteckten Fahne der Gewissensfreiheit sammelten sich Alle, die nicht nur für ihren Glauben, sondern auch für ihre Sitten die größte Ungebundenheit verlangten. Muß man sich gegen die theocratischen Grundsätze der Reformatoren aussprechen, so muß man noch entschiedener die Tendenzen der Libertiner mißbilligen.

Leider kam zu diesen den Genfer Predigern ungünstigen Umständen ein Angriff, von einer bisher befreundeten Seite. Farel, in seinem Bestreben die Kirche auf die äußerste Einfachheit der apostolischen Zeit zurückzuführen, hatte auch einige Gebräuche abgeschafft, die zu Bern noch beibehalten waren. Im Interesse der Eintracht wünschten nun die Berner, man möchte dieselben auch in Genf wieder einführen; es handelte sich dabei um Aeußerlichkeiten, namentlich um das beim Abendmal zu gebrauchende Brod, um die Taufsteine, um die Feier andrer Feste außer des Sonntags. Farel und Calvin gaben nicht nach; sie widerstanden selbst den Beschlüssen einer deßhalb zu Lausanne gehaltenen Synode. Da zugleich die Parthei ihrer Gegner, durch die Wahl von drei Syndics, zur Regierung gelangte, traten sie mit großer Kraft, ja mit Heftigkeit gegen die Libertiner auf. Es ward ihnen verboten in ihren Predigten von den Angelegenheiten der Stadt zu reden; nichts destoweniger fuhren sie mit ihrem öffentlichen Tadel fort. Courault wurde gefangen gesetzt; Farel und Calvin erklärten, sie würden das Abendmal nicht in der von Bern beliebten Form, und viel weniger noch Solchen reichen, die das Glaubensbekenntniß nicht beschworen hatten. Man untersagte ihnen am Ostertage die Kanzel zu betreten; da sie es dennoch thaten und sich zugleich weigerten das Sacrament zu ertheilen, erging, den 23. April, der Befehl an sie „in drei Tagen die Stadt zu verlassen, weil sie der Obrigkeit nicht gehorchen wollten." Farel rief aus: „wohlan! es ist Gottes Wille"; Calvin: „hätten wir den Menschen gedient, so wären wir schlecht bezahlt; wir dienen aber einem größern Herrn, der uns lohnen wird." Auch Saunier und einige andere jüngere Prediger wurden verbannt, und durch neue, aber unglücklich gewählte ersetzt. Die

Unordnung, die Verwirrung in der Stadt nahm zu; die Erbitterung der Partheien wuchs, und das Werk der Reformation schien für lange Zeit gefährdet.

Farel und Calvin eilten nach Bern, wo sie, ungeachtet der Meinungsverschiedenheit über die Ceremonien, gastliche Aufnahme und williges Gehör für ihr Begehren fanden, man möge sich ihrer Sache annehmen. In Zürich, wo eben eine Synode versammelt war, erklärten sie sich bereit die Berner Gebräuche zu befolgen, um nicht indifferenter Dinge wegen die Kirche zu spalten. Mit Empfehlungen Zürichs kehrten sie nach Bern zurück, und baten den Rath sie durch zwei seiner Glieder nach Genf begleiten zu lassen; es ward ihnen gestattet; Viret wurde von Lausanne aus vorausgeschickt, um ihre Rückkehr vorzubereiten; vergebens sprachen aber er und einer der Berner Gesandten zu ihren Gunsten, in tumultuarischer Sitzung wiederholte der Rath das Verbannungs-Dekret. Die beiden Reformatoren wandten sich nun nach Bern, wo Einige daran dachten, sie durch förmliche Berufung zurückzubehalten; von da ritten sie nach Basel. In einem Augenblicke der Entmuthigung dachten sie daran, dem Predigt-Amte zu entsagen; allein von den Freunden gedrängt, gaben sie diesen Gedanken sofort wieder auf. Calvin ging nach Straßburg, wo er Theologie lehrte und Prediger der Flüchtlings-Gemeinde ward; Farel wurde nach Neuenburg berufen von der Prediger-Klasse, der er selber, einige Jahre vorher, ihre Organisation gegeben hatte; zwei Rathsherren und zwei Mitglieder der Klasse kamen nach Straßburg, um ihn ehrenvoll abzuholen. Anfangs weigerte er sich, weil die Klasse sich der Einführung einer Kirchen-Polizei widersetzt hatte; erst auf die Bitten Hallers, Virets und andrer Freunde, und auf die Zusage, man würde ihm die Disziplin gewähren, begab er sich nach Neuenburg. Seine erste Sorge war nun die Ausarbeitung einer Disciplinar-Ordnung, deren Annahme jedoch auch hier durch große Schwierigkeiten verzögert wurde. In der Zwischenzeit bereiste er die Umgegend, predigte an verschiedenen noch katholischen Orten, führte fast überall die Reformation ein, und sah selbst den Statthalter des Landes, den Herrn von Prangin, dem Katholicismus entsagen. Gegen Ende des Jahrs 1539 erfuhr er, daß Caroli zu Bonneville sei und den Wunsch habe, wieder als Prediger aufgenommen zu werden. Er begab sich sofort nach dem Orte und in Beisein Viret's, einiger Prediger und Rathsglieder, stellte er Caroli zur Rede. Dieser behauptete, er habe seit er die Schweiz verlassen, in verschiedenen Städten Frankreichs zu Lyon, Montpellier, Avignon, das Evangelium gepredigt; er widerrief, was er über vorgebliche Ketzereien der Reformatoren ausgesagt hatte, und erklärte sich förmlich gegen die Messe, das Fegfeuer, die Gebete für die Verstorbenen. Farel nahm diesen Widerruf an und nach einem Gebete, verſöhnten ſich Alle den 29. Januar 1540, mit dem ſcheinbar reuigen Caroli. Farel verwandte ſich für ihn zu Bern und zu Mümpelgard, ja wollte ihm zu einer Stelle im Neuenburgiſchen verhelfen; man traute ihm aber nicht mehr, und mit Recht, denn bald darauf kehrte der unbeſtändige Mann zum zweiten Mal zum Katholicismus zurück.

Viel wichtiger und ernſter waren die Nachrichten, welche in dieſer Zeit Farel aus Genf erhielt. Unter der Regierung der Libertiner war die Anarchie aufs höchſte geſtiegen; Volksaufſtände und Hinrichtungen brachten jedoch die Parthei zum Sturz. Da erinnerte man ſich an die vertriebenen Prediger, als an die, welche allein im Stande wären, die Gemüther zu beſänftigen und Ruhe und Zucht wieder herzuſtellen. Im Oktober 1540 wurde ein Bote an Calvin nach Straßburg geſandt, mit dem Auftrage, auch Farel zur Rückkehr zu bewegen; im November wurde ein zweites Mal an Letztern geſchrieben. Calvin wollte zuerſt nur kommen wenn auch Farel wieder käme; dieſer aber, der, trotz der wiederholten Bitten des Genfer Raths, Neuenburg nicht verlaſſen konnte, drang in den Freund dem Rufe zu folgen. Den 13. September 1541 kehrte Calvin in die Stadt zurück, die nun bereit war, ihn ungehindert wirken zu laſſen. Um alle Spuren der Vergangenheit auszuwiſchen, war bereits den 1. Mai das Verbannungs-Dekret aufgehoben worden; ſpäter wurde ein förmlicher Ausſöhnungs-Akt aufgeſetzt, den Calvin kurz nach ſeiner Ankunft unterſchrieb, und den man auch an Farel nach Neuenburg ſandte. Letzterer hatte, während Calvin noch in Straßburg war, ihn daſelbſt beſucht und war bis Worms gereiſt, wo er ſich mit Melanchthon unterhalten hatte. Zu Neuenburg erregte ihm, wie früher zu Genf, ſein Drängen auf ſtrenge Zucht, viele Feinde. Als er einſt, von der Kanzel herab, über eine Frau von edler Herkunft, die ihren Gatten verlaſſen hatte, heftigen Tadel ausſprach, brach der Groll gegen ihn los; die Parthei der Unzufriedenen, zu der auch Libertiner und ſchlecht bekehrte Katholiken gehörten, erlangte einen Rathsbeſchluß, dem zufolge der läſtige Sittenrichter in zwei Monaten Neuenburg verlaſſen ſollte. Es begann für ihn eine ſchwere Zeit; die Berner, die ihn bisher beſchützt hatten, ſchienen ihn diesmal verlaſſen zu wollen. Von mehreren Seiten, beſonders von Calvin, der ſelber deßhalb nach Bern ging, aufgefordert, ſich Farel's und der Neuenburger Kirche anzunehmen, ſchickte die Regierung zwei Abgeordnete um die Sache zu unterſuchen. Der eine war der Schultheiß von Wattwyl, Farel nicht mehr ſo günſtig als früher. Auch Viret und Andere erſchienen. Von Farel's Gegnern bearbeitet, riethen ihm die Berner, ſich dem Rathsbeſchluß zu fügen; Wattwyl meinte die weltliche Obrigkeit könne Prediger ſo gut wie andere Diener absetzen; Farel aber erklärte er werde nicht weichen, denn er sei von der Kirche berufen, sie allein habe das Recht ihn zu entlassen, handelte er anders, so verriethe er Christum seinen Herrn. Mit diesem Berichte kehrten die zwei Abgesandten nach Bern zurück; auf ihren Antrag schrieb der Rath an den Reformator, er möge sich eine andere Stelle suchen, da die Gemüther sich ihm entfremdet hätten. Durch Briefe und Boten wurde noch viel verhandelt, Farel aber blieb standhaft, ja während einer Pest war er einer der treuesten Seelsorger der Gemeinde. Die Neuenburger Klasse nahm sich seiner an und ordnete zuletzt eines ihrer Glieder, Cynard Pichon, an mehrere schweizerische und ausländische Kirchen ab, um ihnen den ganzen Vorgang und dessen Ursache, die beabsichtigte Einführung der Kirchenzucht vorzulegen. Alle sprachen sich zu Gunsten Farel's und der Disciplin aus, so daß zuletzt selbst die Berner nachgaben, und den 29. Januar 1542 der Ausweisungsbeschluß von dem Neuenburger Rathe zurückgenommen wurde. Schon den 5. Februar wurde von dem Rathe eine „Ordonnanz" bekannt gemacht, welche nicht nur die Sittenpolizei, sondern auch die Kirchenzucht und die „brüderliche Censur" unter den Geistlichen betraf.

Jetzt, nachdem die Gemüther versöhnt und das von Farel erstrebte Ziel erreicht waren, erbat sich dieser vom Rathe die Erlaubniß, Genf zu besuchen. Er erhielt Urlaub für einen Monat; zu Genf wurde er auf's ehrenvollste von dem Magistrate empfangen, sprach mit Rührung von seinem steten Wunsche, dieser Stadt zu dienen, unterhielt sich mit Calvin, und als er zurückkehrte, gab man ihm ein Pferd und Alles, was ihm zur Reise nöthig war. Zu Neuenburg wieder angelangt, traf er nicht Alles nach Wunsch; es war wohl leicht eine Kirchen-Disciplin zu dekretiren, aber schwer, sie den Gemüthern annehmbar zu machen; auch hatte die Ordonnanz vom 5. Februar, da sie blos von der weltlichen Obrigkeit ausgegangen war, die Klasse nicht völlig befriedigt. Farel ging daher nach Bern, erwirkte die Berufung einer Synode, und ließ durch dieselbe (Mai 1542) eine Reihe von Artikeln annehmen, die mit den frühern beinah gleichlautend waren, aber die Schwierigkeiten der Ausführung nicht zu beseitigen vermochten.

Zu Metz, der damals lothringischen Stadt, hatte sich seit längerer Zeit eine evangelische Gemeinde gesammelt; nach manchen schweren Schicksalen, schien für sie im Jahre 1542 unter dem Schutze des Schöffenmeisters Kaspar von Heu, eine Zeit größerer Freiheit anzugehen. Sie berief Farel, der schon 1541 an den Metzer Magistrat zu Gunsten der Protestanten geschrieben hatte. Die meisten seiner Freunde widerriethen ihm die Reise, der Gefahren wegen, denen er sich im katholischen Lothringen aussetzen würde; er aber kannte keine

Furcht, und Calvin unterstützte seinen Entschluß. Der Neuenburger Rath ließ ihn nur ungern fort; den 3. September 1542 traf er in Metz ein, Kaspar von Heu nahm ihn auf. Er predigte auf dem Kirchhofe des Jakobinerklosters, trotz der Gerichtsbiener, die ihn daran verhindern sollten, und trotz der Mönche, die alle Glocken läuteten, um seine Stimme zu übertönen. Vor den Magistrat gerufen und befragt, mit wessen Erlaubniß er predigte, antwortete er: „auf Befehl des Herrn und auf die Bitte der Glieder seiner Kirche." Sein Versuch, in der Peterskirche aufzutreten, wurde verhindert, ja die Protestanten wurden genöthigt, die Stadt zu verlassen; sie zogen sich nach Montigni zurück, wo Farel fortfuhr ihnen zu predigen. Zu der Verfolgung, welche selbst das Dazwischentreten der deutschen Fürsten nicht hindern konnte, gesellte sich eine verheerende Pest; Farel blieb entschlossen an seinem Posten, durch die Briefe und Gebete seiner fernen Freunde ermuthigt. Von Montigni mußte er mit seinem Häuflein, vielfach geschmäht und mißhandelt, nach Gorze wandern, das dem deutschen protestantischen Grafen Wilhelm von Fürstenberg gehörte. Es ist hier nicht der Ort, die Verwicklungen und Verhandlungen zu erzählen, welche diese Periode der kirchlichen und politischen Geschichte von Metz bezeichnen; wir haben es in der Kürze nur mit dem zu thun, was Farel betrifft. Den 11. März 1543 verfaßte er zu Gorze ein, bald darauf zu Genf gedrucktes, Sendschreiben an den Herzog von Lothringen, worin er ihn ermahnte, die Evangelischen nicht mit Rebellen oder Wiedertäufern zu verwechseln, und ihnen Gewissensfreiheit zu gestatten; er gab eine Darstellung der protestantischen, aus der Bibel geschöpften Lehre, welcher er die Irrthümer und Mißbräuche der römischen Kirche entgegensetzte. Es war vorauszusehen, daß diese Epistel ohne Erfolg bleiben würde. Den 25. März, am Ostertage, wurde die Versammlung zu Gorze, welcher Farel eben das Abendmal ausgetheilt hatte, von lothringischen Truppen überfallen; mehrere wurden getödtet, andere ertranken auf der Flucht; der Prediger selbst, verwundet, entging nur mit Mühe der Gefahr; auf einem Siechenwagen kam er in Straßburg an. Zu Metz wurden die letzten Anhänger der Reformation verbannt; statt Farel predigte nun der Apostat Caroli, der der Verfolgung nicht fremd gewesen war, und bald waren die letzten Spuren des Protestantismus, wenigstens äußerlich, entfernt. Caroli wagte es nun, den 14. Mai, Farel eine Aufforderung zur Disputation zuzuschicken. Er begann sie mit den übermüthigen Worten: „Wisse, daß ich, Gott sei Dank, deine Drohungen und Anschläge nicht mehr fürchte, denn der Geist unseres Herrn Jesu Christi hat mich durch das Kreuz gestärkt und wird mich, wie ich hoffe, nach seiner Güte ferner unterstützen, daß du mich nicht mehr so schwach finden wirst wie ehemals." Hierauf machte er ihm die ungereimtesten Vorschläge: er berief ihn entweder vor den Papst, oder vor das Concil von Tribent, oder vor den Kaiser, oder vor den König von Frankreich, oder vor die Sorbonne, oder nach Salamanca, nach Padua, nach Löwen; in acht Tagen solle er ihm Bericht geben, wohin er kommen wolle; erscheine er nicht, so werde er ihn für einen überwundenen feigen Ketzer erklären. Zuletzt machte er noch einen seltsamen Vorschlag: Beide sollten sich gefangen stellen, er Caroli zu Metz, Farel in die Hände des Königs von Frankreich, und so aus dem Gefängniß heraus mit einander disputiren. Farel antwortete bereits den 21. Mai: er sei bereit vor allen, selbst den höchsten Behörden, wo Gott ihn hinrufe, seine Predigt zu vertheidigen, und allein gestraft zu werden, wenn er nicht die evangelische Lehre verkündigt habe. Dabei zeigte er das Lächerliche der Vorschläge Caroll's und wies diesen, wegen seiner maßlosen Ehrsucht, mit ernsten Worten zurecht. Calvin und Viret gaben beide Schreiben zu Genf im Druck heraus. Farel verweilte in Straßburg, anfangs niedergeschlagen wegen der Zerstreuung der Metzer Gemeinde, bald jedoch wieder ermuthigt durch die „Guttaten, Freundschaft, Unterhaltung und Schirm", die er in der Reichsstadt fand. Der Genfer Magistrat sandte ihm Trostbriefe und Geld; Calvin, Viret, die Neuenburger schrieben ihm, um ihn aufzurichten. Da es ihm, im Interesse der Metzer Protestanten, am Herzen lag, die Verläumdungen Caroli's zu widerlegen, wünschte er nichts sehnlicher, als eine öffentliche Disputation mit ihm; er wandte sich deßhalb an die Genfer, die an die Metzer schrieben, um die Bewilligung des Gespräches zu verlangen; auch Calvin sollte daran Theil nehmen, und kam nach Straßburg mit Empfehlungen Genfs und Basels an den Magistrat, er möge sich der Sache annehmen. Calvin und Farel schlugen dem Straßburger Rathe, in einer eigenen Denkschrift, drei Wege vor: entweder ihnen sicheres Geleit nach Metz zu geben, wo sie dann auf eigene Gefahr hin wirken wollten, oder den Metzer Magistrat zu bewegen sie anzuhören, oder endlich bei den zu Schmalkalden versammelten Ständen dahin zu wirken, daß „sie die Sache in die Hand nähmen." Dieser letztere Vorschlag wurde als der allein mögliche angenommen. Während die beiden Freunde den Ausgang der Verhandlungen erwarteten, gab Farel im Juni ein zweites Schreiben an Caroli heraus, in dem er ihn an sein früheres schlechtes Leben, seine Umtriebe, seinen wiederholten Religionswechsel erinnerte, und ihn zur Einkehr in sein Gewissen und zum aufrichtigen Bekennen der Wahrheit ermahnte. Seine und Calvin's Hoffnung, nach Metz berufen zu werden, ging jedoch nicht in Erfüllung; Caroli erschien zu Straßburg, wo er mit Calvin eine um so unnützere Disputation hielt, da deren Akten nicht veröffentlicht worden sind.

Wie sehr nun auch Farel das Schicksal der Metzer Gemeinde schmerzte, so gab er doch die Hoffnung für sie nicht auf; den 11. Januar richtete er an die Ueberreste derselben ein aufmunterndes Sendschreiben, indem er zugleich die Geschichte seiner Wirksamkeit in Lothringen erzählte, und dem er erhebende, wahrhaft erbauliche Gebete beifügte. An die Fürsten und Obrigkeiten, die sich der Metzer angenommen hatten, schrieb er, um sie zu bitten in ihren Bemühungen fortzufahren, und namentlich den Magistrat der Stadt zu überzeugen, daß die Protestanten, wie ihre Verläumder es behaupteten, keine Unruhestifter und Aufrührer seien. Ein ähnliches Schreiben ließ er an die evangelischen Kirchen ergehn; er empfahl die Metzer ihren Gebeten und ihrer brüderlichen Theilnahme. Auch später noch werden wir ihn für diese ihm theuer gewordene Gemeinde thätig sehn.

Neuenburg war von nun an, während einer Reihe von Jahren, der Hauptgegenstand der Fürsorge Farels. Einige vorübergehende Mißhelligkeiten abgerechnet, mit Cortesius, der ihm Irrthümer in Bezug auf die Person Christi vorwarf, mit seinem Collegen Chaponneau, der sich der Censur nicht unterwerfen wollte und über Privat-Kommunion mit ihm stritt, konnte er ohne Widerstand das Kirchenwesen ordnen und befestigen. Häufige Reisen, jedoch meist nur von kürzerer Dauer, unterbrachen allein seine Wirksamkeit zu Neuenburg. Im November 1543 folgte er einer Einladung des Genfer Magistrats, der ihm, da er in ärmlicher Kleidung ankam, eine neue anbot, und ihn ersuchte, sich in Genf niederzulassen; er antwortete, er könne dies nicht thun, Gottes Ruf binde ihn an Neuenburg, er würde aber immer der Genfer treuer Diener sein. Außer den schon angeführten Schriften in den Metzer Angelegenheiten, gab er im Jahr 1543 eine Auslegung des Vaterunser und einen Tractat über das Fegfeuer heraus, und im folgenden ein Schreiben an alle Christen, die das Evangelium kennen, um sie aufzumuntern, durch ihr frommes Leben Gott zu preisen und den Nächsten zu erbauen. 1545 wurde abermals ein Versuch gemacht, ihn für Genf zu gewinnen; Neuenburg konnte aber seiner Dienste nicht entbehren, so daß auch Viret's und Calvin's Vorschlag an Bern, ihn als Professor an der Lausanner Akademie anzustellen, nicht ausgeführt wurde; dabei wirkten freilich auch andere Beweggründe mit; Bern wünschte nicht zu Lausanne den Einfluß der calvinischen Ansichten über Kirchenregiment und Kirchenzucht zu verstärken.

Im März 1546 reiste Farel mit Viret nach Genf, und von da, im Namen mehrerer schweizerischen Kirchen, nach Straßburg, um zu Gunsten der verfolgten Metzer und Waldenser zu handeln. In den zwei folgenden Jahren kam er häufig nach Genf, um Calvin in dem neu ausgebrochenen Kampfe mit den Libertinern zu unterstützen;

in Predigten an das Volk und in Reden an den Rath warnte er vor dem Treiben dieser Parthei, und ermahnte die Genfer sich durch dieselbe nicht irre machen zu lassen; er vertheidigte Calvin gegen die Angriffe der Gegner, und die ernsten Worte, in denen er sich darüber aussprach, verfehlten ihren Eindruck nicht; der Rath beschloß ihm zu danken, und bat ihn einige Zeit zu bleiben, um die Gemüther zu besänftigen. 1548 ging er mit Calvin nach Zürich, um Viret gegen einige Verdächtigungen seiner Lehre in Schutz zu nehmen; das Jahr darauf wohnte er in derselben Stadt der Versammlung bei, welche die Uebereinkunft der Schweizer über das Dogma vom Abendmahl zu Stande brachte (Consensus Tigurinus); Farel gab sich dabei unendliche Mühe, die verschiedenen Kirchen zur Annahme der neuen Formel zu bewegen, durch welche Calvin's Ansicht die vorherrschende wurde. „Farel," schrieb Letzterer, „hat mir den ersten Anstoß zu dieser Sache gegeben; ihm gebührt die Ehre, der Urheber davon zu sein." Bern allein widerstrebte und hielt an der Zwingli'schen Lehre fest. Ob eine Schrift über das Abendmahl, die Farel 1551 verfaßte, aber erst zwei Jahre später im Drucke erscheinen ließ, sich auf den Consensus bezog oder nur erbauliche Zwecke hatte, vermögen wir nicht zu sagen; es war uns nicht möglich, uns dieselbe zu verschaffen. Dagegen können wir von einer andern Arbeit reden, die er im Jahr 1550 herausgab, und die zu seinen wichtigern gehört. Ein ehemaliger Barfüßer hatte in einem gegen Calvin gerichteten, der Schild der Vertheidigung betitelten Tractat, die eigenthümlichen Lehren der pantheistischen Libertiner entwickelt. Diesen bekämpfte nun Farel in seinem Schwerdt des Worts. Diese Schrift ist eine Hauptquelle für die Kenntniß des falschen Spiritualismus, der damals in Flandern und in verschiedenen Gegenden Frankreichs nicht wenig Anhänger zählte. Des Barfüßers Buch scheint verloren zu sein; Farel gibt aber Auszüge daraus, an deren Aechtheit nicht zu zweifeln ist, obschon sie von einem Gegner der Sekte gemacht worden sind; denn nicht nur hatte dieser keinen Grund, eine Lehre zu entstellen, die an sich schon irrig genug war, sondern seine Auszüge stimmen auch mit dem überein, was Calvin als System der Libertiner bekämpft, so wie mit den in einigen handschriftlichen Tractaten entwickelten Grundsätzen, die von der Sekte selber herrühren und sich in unserm Besitze befinden. Der Barfüßer behauptet, die heilige Schrift müsse geistig ausgelegt werden: die Reformatoren seien Knechte des Buchstabens und noch nicht zum tiefern Sinne durchgedrungen; der Mensch müsse der Sinnlichkeit absterben, und hat er dies gethan, so werde er sich bewußt, daß nicht er, sondern Gott allein Alles wirke; die Sünde bestehe darin, daß man das Ich außer Gott setze und glaube, es habe ein eigenes Dasein und eigene Thätigkeit. Es war für Farel ein Leichtes, das Verkehrte der mystischen Bibelauslegung nachzuweisen, wie die Libertiner sie trieben; auch die unsittlichen Consequenzen ihrer pantheistischen Ansichten boten ihm reichen Stoff zu gründlicher Widerlegung; nur ist zu bedauern, daß er in seiner Entrüstung darüber, statt mit ruhigem Ernst zu argumentiren, sich die heftigsten Ausfälle und die beleidigendsten Ausdrücke erlaubt. Doch erhebt er sich auch zuweilen, wenn er den Christen das Wort Gottes als allgenügend empfiehlt und sie vor den Irrlehren warnt, zu wahrer Beredtsamkeit.

Den 4. März 1551 hielt Farel eine Synode, der auch Calvin beiwohnte, und welche mehrere auf die Ehe bezügliche Fragen schlichtete. Einige Monate später finden wir ihn zu Genf, wo Hieronymus Bolsec, ein ehemaliger Karmeliter aus Paris, als Bekämpfer der Prädestination aufgetreten war. Nach einer Predigt des Johann de Saint-André, worin diese Lehre entwickelt war, trat Bolsec, aus den Zuhörern hervor und widerlegte sie mit unziemlichen Worten. Calvin, der dazu kam, vertheidigte sie in einer stundenlangen Rede. Nach ihm nahm Farel, der gleichfalls anwesend war, das Wort, um den Anwesenden den Glauben an die göttliche Gnadenwahl an's Herz zu legen und ihnen Liebe und Ehrfurcht für Calvin zu empfehlen. Nachdem er in seinen frühern Schriften und in der Genfer Confession von 1536 über die Prädestination geschwiegen hatte, war er unter Calvin's Einfluß dazu gekommen, diese Lehre für die allein tröstliche zu halten; doch wollte er nicht, daß sie der Gegenstand des Disputirens würde; in dem Schwerdt des Geistes hat er die Frage nur im Vorbeigehn berührt, um zu sagen, daß sie dem Verstande unbegreiflich sei und nur mit dem Beistand des heiligen Geistes gelöst werden könne. Bolsec wurde als Ruhestörer aus Genf verbannt; in seiner Schmähbiographie Calvin's hat er auch Farel genugsam gelästert.

Anfangs 1553 wurde Farel von einer schweren Krankheit befallen, alsobald reiste Calvin mit einigen Freunden nach Neuenburg; er war Zeuge bei dem Aufsetzen des Testamentes, in welchem Farel auf würdige Weise seinen Glauben und seine Hoffnung aussprach. Obgleich dem Tode nahe, genaß er wieder; schon den 15. Mai konnte er eine neue Synode halten, welche die frühern Beschlüsse bestätigte und sie als Sammlung „evangelischer Ordonnanzen" über Kirchenordnung und Kirchenzucht bekannt machte. Ueber den Kirchenbann waren jedoch die Stimmen getheilt; während Farel ihn in seiner ganzen Strenge beibehalten wollte, waren Andere, namentlich Fabri, seit einigen Jahren sein College, für eine mildere und seltenere Anwendung. Es wurden von mehreren Kirchen Gutachten begehrt, es herrschte jedoch über diese schwere Frage selbst damals keine Uebereinstimmung; Calvin billigte Farel's Meinung, rieth aber zur Eintracht; die Berner billigten sie gleichfalls, meinten jedoch, man könne sich nicht überall der nemlichen Form bedienen; nur Basel lobte unbedingt den Eifer Farel's.

Nach mehrern Reisen in die Landgemeinden und nach Lausanne, und nach neuer Krankheit, ward Farel im October 1553 nach Genf berufen, wegen Servet's Prozeß, der sich seinem Ende nahte. Schon im September hatte er, mit unbeugsamer Härte, an Calvin geschrieben, in nichts nachzugeben dem unverbesserlichen Ketzer gegenüber: „wenn du eine Milderung der entsetzlichen Strafe wünschest, so handelst du wie ein Freund gegen deinen gefährlichsten Feind; würde ich Jemanden von dem rechten Glauben abwendig machen, so müßte ich mich für des Todes schuldig halten; von einem Andern kann ich aber nicht anders denken, als von mir selber." Mit dieser Gesinnung begleitete Farel, den 27. Oktober, Servet zum Scheiterhaufen, ihn vergebens aufmunternd, seinen Irrthümern zu entsagen, und das Volk ermahnend zu beten, daß sich der Herr dieser verlornen Creatur annehmen möchte. Wie bedenklich auch die Irrthümer des spanischen Arztes gewesen sein mögen, so war doch der, der Theologen des sechszehnten Jahrhunderts, ein nicht minder schwerer, wenn sie meinten, die weltliche Obrigkeit müsse über die Reinheit des Glaubens wachen, und die davon Abweichenden mit dem Tode bestrafen. Während des Prozesses hatte Calvin erneuerte Kämpfe gegen die Libertiner zu bestehn gehabt; nach Servet's Hinrichtung trat die Partei noch drohender auf. Farel eilte nach Genf zurück; in der Hoffnung, sein Alter und seine der Stadt geleisteten Dienste würden seinen Worten bessern Eingang verschaffen, predigte er gegen die Feinde Calvin's und der Kirchenzucht. Mehrere junge Leute hielten sich durch diese Predigt beschimpft; sie erwirkten von dem Rath ein Schreiben an Neuenburg, Farel solle erscheinen, um sich zu rechtfertigen. Er kam zu Fuß, trotz Regen und Sturm, ein Pöbelhaufe verfolgte ihn mit Mordgeschrei, vor dem versammelten Rathe sprach er aber so kräftig, daß „Alle erklärten, sie hielten ihn für ihren geistlichen Vater, daß jeder ihm die Hand reichte, und ein Versöhnungsmahl gehalten wurde."

Auf ähnliche Weise machte Farel sein Ansehn auch in andern Angelegenheiten geltend; er war überhaupt, wenn auch nicht einer der gelehrtesten, doch einer der entschiedensten und thätigsten Theologen der Schweiz; sein Name war allgemein geachtet; überall wo man des Rathes bedurfte, wandte man sich an seine reiche Erfahrung, oder begehrte man die Unterstützung seiner kraftvollen Rede. Fremde aus allen protestantischen Ländern, englische, französische, italienische Flüchtlinge besuchten ihn, manchmal in der alleinigen Absicht, ihn, den

berühmten Redner, predigen zu hören. Zu Mümpelgard vermittelte
er öfter den Frieden, oder vertheidigte seinen alten Freund Tous=
saint gegen Anfeindungen; Lismanini bat ihn um ein Gutachten,
über die dogmatischen Zweifel, welche die polnischen Protestanten be=
unruhigten. Die Frankfurter Fremdengemeinde wandte sich an ihn
um einen Prediger, und als die Entzweiung in ihr ausgebrochen war,
suchte auch er den Vermittler zu machen. Ueberall wo es galt, die
Reformation zu vertheidigen und zu befestigen, oder deren verfolgte
Bekenner zu unterstützen, half er nach besten Kräften mit. Als im
Jahr 1555 die vertriebenen Locarner nach Zürich auswanderten und
in der ganzen Schweiz Liebesgaben für sie gesammelt wurden, be=
trieb Farel, mit seinem gewohnten Eifer die Collekte; die Prediger,
der Statthalter, der Rath, das Hospital, die Bürger, die Landge=
meinden steuerten dazu. 1553 richtete er ein Trostschreiben an die
zu Lyon gefangenen zum Scheiterhaufen verurtheilten jungen Pre=
diger, und 1555 ein ähnliches an fünf Franzosen, die zu Chambéry
im Gefängniß waren und bald darauf hingerichtet wurden. Ueber=
haupt war sein Auge stets auf Frankreich gerichtet, für die bedräng=
ten Protestanten seines Vaterlandes war er zu jedem Opfer bereit.
In ihrem Interesse namentlich wünschte er eine Annäherung zwischen
den Reformirten und den Lutherischen rücksichtlich des Abendmals,
da bekanntlich die damalige französische Politik, während sie mit den
deutschen Ständen eine Verbindung zu erhalten strebte, die Verfol=
gung der Hugenotten damit entschuldigte, daß sie Rebellen und Fana=
tiker seien. Er hoffte eine Synode, von Schweizern und Deutschen
zusammengesetzt, würde die Abendmalsdifferenz ausgleichen; „die Augs=
burgische Confession, schrieb er 1558 an Calvin, halte ich für ganz
erträglich und sehe nicht ein, warum man ihr so sehr widerstrebt".
In dieser Ueberzeugung, die gewiß ein merkwürdiger Zug dieses
sonst so strengen, entschiedenen Charakters ist, unternahm er im Jahr
1557 mit Beza eine Reise, um die deutschen Stände zu veranlassen,
zu Gunsten der Waldenser und der französischen Reformirten Schritte
zu thun. Bei dieser Gelegenheit übergaben Beide zu Heidelberg
jenes von Beza verfaßte Bekenntniß über das Abendmal, dessen
Zweideutigkeit ihnen in der Schweiz so viel Tadel zuzog. Das ge=
ringe Resultat dieser Unterhandlung hinderte Farel nicht, sich noch
einmal an Beza anzuschließen, als dieser im September desselben
Jahrs, nach der Verfolgung der Evangelischen zu Paris, seine zweite
Reise nach Deutschland antrat. Wilhelm Budé und Carmel,
Farel's Neffe und Prediger der Pariser Gemeinde, begleiteten sie.
Nachdem sie zu Zürich, das durch das unklare Bekenntniß Beza's
gestörte Einverständniß wieder hergestellt und sich über dem Consensus
die Hände gereicht hatten, begaben sie sich nach Basel, wo sich Farel

im Gasthof in bittern Worten über Erasmus äußerte und deßhalb von den alten Freunden desselben der Verläumbung angeklagt wurde. Ueber Straßburg reisten sie dann nach Worms, wo gerade das Colloquium gehalten wurde, das Protestanten und Katholiken wieder vereinigen sollte. Während die Schweizer Theologen, wenig von den Bemühungen, die Reformirten und die Lutherischen sich näher zu bringen, erwarteten, meinten Andre, Männer wie Beza und Farel könnten nicht anders als günstiges Gehör bei den Deutschen finden; Hotmann schrieb an Bullinger: „Farel ist ganz geeignet für diese Sache; sein Alter und die hohe Rechtschaffenheit seines Lebens müssen allen Frommen Ehrfurcht einflößen." Zu Worms reichten sie ein bestimmteres Bekenntniß ein, erlangten aber weder eine nachdrückliche Verwendung bei dem französischen Hof, noch eine Verständigung mit den Lutherischen.

Um diese Zeit (1557 und 1558) machte Farel einige Versuche, die Reformation zu Brunbrutt (Porentruy) im Bisthum Basel einzuführen. Bei Rath und Bürgerschaft fand er bereitwillige Aufnahme; vor dem bischöflichen Syndic erklärte er sich freimüthig über seinen Beruf, und sagte, er wolle nichts als die Wahrheit verkündigen, dafür sei er aber bereit, sich jeder Gefahr auszusetzen. Nichtsdestoweniger mußte er sich wieder entfernen. Der Erzbischof von Besançon schickte einen Mönch, um das Volk im katholischen Glauben zu erhalten; ein von Neuenburg gesandter Prediger, Jakob Sorel, wurde arg mißhandelt; Farel, der nach Brunbrutt zurückeilte, wurde gleichfalls überfallen und beklagte sich vergebens bei dem Basler Bischof und dem Rath; die Mönche fuhren fort, in Predigten ihn zu beschimpfen. Er ging nach Bern, wo sich die Regierung der Sache annahm, allein nichts auszurichten vermochte. So sehr auch die Bürger von Brunbrutt und andern Orten der Reformation geneigt waren, so mißlang doch jeder Versuch, Gemeinden zu gründen.

Farel war 69 Jahre alt; nach so vielen Mühen und Arbeiten gedachte er sich häusliche Ruhe und eine Stütze für sein Alter zu bereiten, indem er sich mit Marie Torel von Rouen verlobte, die mit ihrer verwittweten Mutter nach Neuenburg geflüchtet war. Die meisten seiner Freunde widerriethen ihm diesen Schritt, der zu so vielem Gerede Anlaß gab, daß Calvin, der selber ihn stark getadelt hatte, an die Prediger von Neuenburg schrieb, sie möchten die Thorheit des alten Mannes mit Gebuld ertragen. Das Aufgebot geschah im September 1558; erst nachdem Farel noch verschiedene Reisen gemacht, verehlichte er sich den 20. Dezember.*) Bald er-

---

* Nach 6 Jahren erst wurde er Vater eines Knaben, der ihn nur kurze Zeit überlebte.

wachte sein alter Eifer wieder. Zu Anfang 1559 erfuhr er, daß der Graf Adolph von Nassau-Saarbrücken eine Anzahl französischer Flüchtlinge in seinem Gebiete aufgenommen hatte; sogleich machte er sich auf den Weg, um sie zu besuchen; er ordnete ihre Gemeinde und gab ihnen Johann Loquet zum Prediger. Aus Dankbarkeit widmete er dem Bruder und Nachfolger des Grafen, Johann, seinen 1560 erschienenen und mit einem Vorworte Viret's versehenen Traktat von dem wahren Gebrauche des Kreuzes Christi, in dem er nicht nur den mit dem Crucifix getriebenen Aberglauben, sondern überhaupt jede Art „römischer Idolatrie" bekämpfte. Nach einer Reise nach Straßburg, um für Metz zu wirken, wo sich für die Protestanten die Umstände anfingen besser zu gestalten, begleitete er Waldensische Boten in die Städte der Schweiz, um Beiträge für die Verfolgten, aller Noth preisgegebenen Brüder zu sammeln. Zu Genf befragte der Rath (20. Mai 1561) die Prediger, ob man ihn nicht zurückhalten und ihm eine Pension geben sollte, da er der erste gewesen, der in dieser Stadt das Evangelium verkündigt und so viel dafür gelitten hatte; würde man nichts für ihn thun, so müßte man mit Recht des Undanks angeklagt werden. Da Farel das Anerbieten nicht annehmen konnte, wurde ihm zu Ehren ein Gastmahl gegeben.

Zu derselben Zeit, wo Viret nach Nismes berufen wurde, kamen auch nach Neuenburg Boten von Gap und Vienne, um Farel und Fabri für eine Zeit lang vom Rath zu erbitten; der damaligen Sitte gemäß erhielten sie einen zweimonatlichen Urlaub. Bei vierzig Jahre hatte Farel sein Vaterland nicht gesehn. Mit Dank gegen Gott nahm er, trotz seines hohen Alters, den Ruf an; mit ihm reisten Fabri und der Prediger Eynard Pichon. Letztern ließ er zu Grenoble, wo er selbst in dem Hause eines Kaufmanns eine Predigt hielt. Fabri ging nach Vienne und später nach Lyon. Den 15. November 1561, es war ein Sonnabend, kam Farel nach Gap; gleich den folgenden Tag predigte er vor so zahlreicher Versammlung, daß die Meisten vor der Kirche bleiben mußten. Am folgenden Dienstag führten ihn der erste Syndic und der königliche Procurator zu dem Vice-Bailli, der ihn zwar mit Achtung empfing, aber fragte, wer ihm die Befugniß zum Predigen gegeben und ob er sich nicht des königlichen Ediktes erinnere, das die öffentlichen Zusammenkünfte verbot. Er antwortete, indem er sich auf das Wort Gottes berief, dem Jeder folgen müsse; auch führte er die öffentlichen Predigten zu Lyon und anderswo, und das Colloquium von Poissy an, wo die Reformirten selbst vor dem König ihren Glauben frei hatten bekennen dürfen. Der Vice-Bailli bat ihn hierauf, mit Predigen noch inne zu halten, bis er an das Parlament von Grenoble und den königlichen Statthalter berichtet hätte. Farel wurde ehrenvoll in seine Herberge zurückgeführt und taufte noch denselben Abend ein Kind. Da wurde durch Ausruf in den Straßen bekannt gemacht, daß keine Versammlungen mehr gehalten und die Kirchen zurückgegeben werden sollten. Die Reformirten kamen bei Farel zusammen und beschlossen, standhaft in dem Bekenntniß ihres Glaubens zu bleiben und sich an den König zu wenden. Da sie die große Mehrzahl in der Stadt bildeten, konnte Farel noch bis im Januar 1562 ungehindert unter ihnen wirken; der Eifer seiner Lands-

leute begeisterte ihn; er schien, wie er sagte, ein neues Leben zu be=
ginnen. Als Neuenburg ihn zurückverlangte, und noch so Vieles zu
thun war, um die Gemeinde zu ordnen, hat er Calvin einen Pre=
diger zu senden, um ihn zu ersetzen. Er kehrte wahrscheinlich schon
vor der Bekanntmachung des Januar=Ediktes zurück, das in Frank=
reich die Restitution der Kirchen an die Katholiken befahl.*) So
gerne er auch länger in seiner Vaterstadt geblieben wäre, so zogen
ihn doch manche Sorgen nach Neuenburg zurück. Während seiner
Abwesenheit war die Landesherrin, Marquise von Rothelin, mit
ihrem Sohne dem Herzog von Longueville, in die Stadt gekommen;
sie hatte eine Synode halten lassen, an der Farel nicht hatte Theil
nehmen können; ein von ihr gemachter Reformationsversuch zu Lan=
deron hatte zu Streit mit Solothurn geführt, und nach einem Auf=
stand der katholischen Bürger hatte man davon abstehn müssen. Als
Farel zurückkam, hatte der Herzog die Gegend bereits wieder ver=
lassen; die edle Marquise jedoch, eine eifrige Bekennerin des Evan=
geliums, gewährte dem greisen, immer noch mit Schwierigkeiten
kämpfenden Reformator, ihren thätigen Beistand.

Den ersten Mai 1564 erhielt er von dem seinem Ende nahenden
Calvin einen kurzen rührenden Abschiedsbrief; sogleich eilte er nach
Genf, wo er den Freund noch lebend fand und noch ein längeres
Gespräch mit ihm führte; dessen letzten Augenblicken konnte er jedoch
nicht beiwohnen, er mußte nach Neuenburg zurück; Calvin starb
erst den 27. Mai. „O, schrieb Farel an Fabri, daß ich nicht
für ihn sterben konnte! welch einen schönen Lauf hat er glücklich
vollendet! Gott gebe uns, daß wir auch den unsern so vollenden,
nach der Gnade, die er uns verliehen hat." Farel's letzte Reise
ging nach Metz, im Mai 1565; 1562 hatten die dortigen Protestan=
ten eine Kirche und Prediger erhalten; Farel wünschte sie, und sie
ihn noch einmal zu sehn. Der Neuenburger Rath gab dem 76jäh=
rigen Greise eines seiner Mitglieder als Begleiter mit. Er predigte
„zum unglaublichen Trost der ganzen Gemeinde." Im Juli kehrte
er zurück, müde und leidend, aber glücklich seine geliebte Metzer Kirche
in blühendem Stande zu wissen. Auch für ihn nahte sich nun das
irdische Ende; Freunde und Schüler besuchten ihn täglich, auf die
Lehren horchend, die er von seinem Krankenlager an sie richtete. Er
entschlief ruhig, den 13. September 1565. In seinen letzten Tagen
hatten seine Freunde voll Verwunderung zu einander gesagt: „seht,
der Mann bleibt sich immer selber gleich; niemals war er über eine
Gefahr erschrocken, und wenn wir noch so bestürzt und niederge=
schlagen waren, so zeigte er sich standhaft und fest, vertrauend auf
seinen Herrn; er richtete uns Alle durch seinen Heldensinn auf und
stärkte uns durch die Hoffnung eines guten Ausgangs."

---

*) Unser Bericht über Farel's Aufenthalt zu Gap stimmt nicht mit dem der
France protestante, B. 5. S. 68. Daß er aber der richtigere, geht
daraus hervor, daß er den eigenen Briefen Farel's an Calvin ent=
nommen ist.

Farel's Schriften.*)

1. 1524. Libellus de Parisiensibus & Pontifice. (Erasmus an Melanchthon, 6. Sept. 1524.)

2. um 1525? Sommaire: c'est une briève déclaration d'aulcuns lieux fort nécessaires à un chacun chrestien pour mettre sa confiance en Dieu & à ayder son proschain. Auch 1537 oder 1538; 1542, s. l.; 1552, Genf, 12⁰.

*3. 1530. A tous seigneurs & peuples & pasteurs à qui le Seigneur m'a donné accez, qui m'ont aidé & assisté en l'oeuvre de nostre Seigneur Jésus, & envers lesquels Dieu s'est servy de moy en la prédication de son sainct Evangile. Ms. zu Genf. Abgedruckt in dem 2. Band der von Bulliemin besorgten neuen Ausgabe der Histoire de la réformation en Suisse von Ruchat.

*4. 1532. A tous mes très chers frères en Nostro Seigneur, tous les amateurs de la saincte parole. Abgedruckt im 3. Bande der neuen Ausgabe von Ruchat.

*5. 1534. Lettres certaines d'aulcuns grands troubles & tumultes advenus à Genève, avec la disputation faicte l'an 1534. Genf, 8⁰. Neue Ausgabe, mit lateinischer Uebersetzung von Manget, Genf, 1644, 8⁰.

*6. 1537. Confession de la foy, laquelle tous bourgeois & habitans de Genève & Subjets du pays doivent jurer de garder et tenir. Genf, 24⁰; und öfter.

7. 1543. Epistre envoyée au duc Lorraine. Genf, 12⁰.

8. 1543. Une epistre de maistre Pierre Caroli, faicte en forme de défiance et envoyée à maistre G. Farel, avec la response. Genf, 8⁰.

9. 1543. La seconde epistre envoyée au docteur P. Caroli. Genf, 12⁰.

10. 1543. Traité du purgatoire. s. l., 12".

11. 1543. La très saincte oraison que nostre Seigneur J. C. a baillé à ses apostres, les enseignant comme ils & tous vrais chrestiens doivent estre, avec un recueil d'aulcuns passages, de la Ste. Ehcriture, fait en manière de prière. Genf, 12⁰. Schon 1524 soll Farel einen Tractat de oratione dominica geschrieben haben; ohne Zweifel war er französisch und die Ausgabe von 1543 nur eine Ueberarbeitung davon. 1545 schickte Farel an Biret und Calvin das Manuscript eines Gebetbuches (liber precationum) zur Durchsicht und ließ es bald darauf drucken; war es nur eine neue Ausgabe der dem Tractat über das Vater-Unser angehängten Gebete?

12. 1544. Epistre exhortatoire à tous ceux qui ont cognoissance de l'Evangile, les admonestant de cheminer purement & vivre selon iceluy, glorifiant Dieu & édifiant le proschain par parolles. s. l., 12⁰.

13. 1544. Epistre envoyée aux reliques de la dissipation horrible de l'Antechrist. s. l., 12⁰.

*14. 1545. A tous coeurs affamés du desir de la predication du Sainct-Evangile & du vray usage des Sacremens. *Auch in der Histoire des martyrs, Ausgabe von 1619, f.⁰ 164 u. f.

*15. 1550. Le glaive de la parolle véritable, tiré contre le bouclier de défense duquel un cordelier Libertin s'est voulu servir pour approuver des fausses & damnables opinions. Genf, 12⁰.

*16. 1550. A tous seigneurs & peuples & pasteurs auxquels le Seigneur m'a donné accez, qui m'ont aidé & assisté en l'oeuvre de nostre Seigneur Jésus, et envers lesquels Dieu s'est servi de moy, en la prédication de son sainct Evangile. Ms. zu Genf. Ueberarbeitung von Rummer 3.

17. 1553. De la saincte cène de nostre Seigneur Jésus & de son Testament confirmé par sa mort et sa passion. Genf, 8⁰.

*18. 1560. Du vray usage de la croix de J. C., & de l'abus & de l'idolatrie commise autour d'icelle; & de l'authorité de la parolle de Dieu, & des traditions humaines. Mit Vorrede von Biret. Genf, 12⁰.

---

* Die mit einem Stern bezeichneten sind die, die ich benutzen konnte.

Peter Viret.

I.

Es ist in der Biographie Farel's berichtet worden, daß dieser auf einer seiner Reformationsreisen, zu Orbe den jungen Peter Viret sich zum Gehülfen erwarb. Farel's Schüler und Mitarbeiter, hatte Viret über Lehre und Disciplin dieselben Ansichten und bewies dieselbe Festigkeit, wie sein älterer Freund; doch bewahrte er in manchen Stücken die Selbstständigkeit seines Charakters. So feurig Farel war, so gemäßigt war Viret, und während jener den Bilbersturm billigte, war dieser der entschiedene Gegner aller Gewaltthat. Sein Leben bildet eine Reihe ähnlicher Gefahren und Kämpfe, wie dasjenige Farel's; wie dieser war er zu jedem Opfer für das Evangelium bereit. Er war der einzige Reformator der romanischen Schweiz, der aus dem Lande selber stammte; alle Andern waren französische Flüchtlinge. Er ward geboren im Jahre 1511 zu Orbe im Waadtlande, wo sein Vater das Tuchscheererhandwerk trieb. Zum geistlichen Stande bestimmt, machte er zu Paris classische und theologische Studien, die, nach seinen Werken zu schließen, einen bedeutenden Schatz von Gelehrsamkeit in seinem Gedächtniß zurückließen. Man hat behauptet, er sei schon zu Paris mit Farel zusammengekommen und habe dessen Einfluß erfahren; dies ist aber darum unmöglich, weil Farel bereits 1521 Paris verließ, in einer Zeit, wo der zehnjährige Viret noch nicht auf der Universität sein konnte. Sein inneres Leben ging den nämlichen Gang, wie das seines spätern Freundes; auch für ihn kam eine Krisis, hervorgerufen durch das Lesen lutherischer Bücher. Er erzählt selber, wie diese sein Nachdenken erweckten, wie sein Gewissen fast bis zum Verzweifeln beunruhigt wurde, wie er zuletzt nicht mehr wußte, wohin sich wenden. Er entsagte der Kirche, noch ehe er die Priesterweihe erhalten hatte, und kehrte in seine Vaterstadt zurück. Hier fanden sich schon einige eifrige Freunde des Evangeliums; Viret schloß sich an sie an, seine Zweifel lösten sich und er kam zur Erkenntniß der Wahrheit. Allein schüchtern von Natur wagte es der kaum zwanzigjährige Jüngling nicht, öffentlich aufzutreten; er fürchtete sich „vor der Größe und Schwierigkeit des Predigtamts". Als jedoch Farel 1531 nach Orbe kam und auf Viret aufmerksam gemacht wurde, drang er so gewaltig in ihn, wie

er es bald nachher bei Calvin that, daß er alle seine Bedenklichkeiten
überwand und ihn sogleich zum Prediger weihte. Farel irrte sich nicht
in dieser Wahl; Viret war ein großer Gewinn für die Reformation;
er ward einer ihrer treusten Bekenner und eifrigsten Verkündiger.

Er begann sein Werk im Vaterhause und hatte das Glück, seine
Eltern zu bekehren; den 6. Mai 1531 predigte er zum ersten Mal
zu Orbe vor öffentlicher Versammlung. Bald folgten andere Jüng=
linge seinem Beispiel und traten als Zeugen des Evangeliums auf.
Von der Berner Regierung beschützt, predigte Viret auch zu Granson,
zu Avenches und besonders zu Payerne (Peterlingen), wo er in Pri=
vatwohnungen selbst die Sacramente verwaltete. Ueberall traf er,
von Seiten der Geistlichkeit und des Pöbels, auf dieselben Schwierig=
keiten, wie Farel, und erfuhr dieselben Mißhandlungen; schon 1531
kamen deshalb Berner Abgesandte nach Orbe, um sich darüber zu
beklagen. Hier, in seiner Vaterstadt, wirkte er indessen mit großem
Segen; schon 1532 theilte er das Abendmal an etwa hundert Per=
sonen aus. Er widerlegte öffentlich einen Mönch, der auf rohe Weise
über das Verdienst der Werke gepredigt hatte. Nach einer Unterredung
mit dem Priester von Payerne (1533), erbot er sich, vor dem Gerichte
mit ihm zu erscheinen, um sein Lehren und Thun gegen ihn zu recht=
fertigen; es ward eine Sitzung deshalb angesagt, aber den Tag vorher
traf ihn der Priester und zerschlug ihn so heftig, daß er wie todt
auf der Straße liegen blieb. In einem Schreiben vom 1. Januar
1534 beklagte er sich darüber bei der Berner Regierung. Diese hatte
ihn beauftragt, mit Farel und Froment die nach Genf gesandten
Boten zu begleiten; er bat nun zugleich, es möchte während seiner
Abwesenheit nichts in seiner Sache zu Payerne geschehn, damit ihm
die Gegner nicht vorwerfen könnten, er habe sich durch die Flucht
der Verhandlung entzogen. Nachdem er von seinen Wunden geheilt
war, folgte er Farel nach Genf. Hier ward er dessen unermüdlicher
Gehülfe, theilte seine Mühen und Gefahren, aber auch seinen Sieg.
Bei dem Vergiftungsversuch gegen Farel, Froment und ihn, aß
er allein von dem schädlichen Gericht; er genas zwar wieder, behielt
aber sein Leben lang ein unheilbares Siechthum zurück. Das Volk
sah in dem zerschlagenen, durch Gift zerrütteten Reformator den
Märtyrer einer heiligen Sache; die römische Geistlichkeit, die zu
solchen Waffen griff, verrieth ihre geistige Ohnmacht und fiel der
Verachtung anheim; Viret selber, statt Haß zu fühlen, blieb wie
vorher mäßig und mild gegen die Menschen; nur trat er noch ent=
schiedener dem Irrthum entgegen, der sie zum Morde gegen Anders=
gläubende verleitete.

Nach der Einführung der Reformation zu Genf ging Viret
für eine Zeit lang nach Neuenburg. Was aus der Vorladung nach

Payerne wurde, ist unbekannt. Farel, der tüchtige Mitarbeiter bedurfte, sandte einen Boten an Viret, um ihn zurückzuberufen. Er machte sich sofort mit Christoph Fabri auf den Weg. Bei Yverdun trafen sie das, diesen Ort belagernde, Berner Heer, bei dem sich auch Truppen von Lausanne befanden. Einige Lausanner bewogen Viret sie, nach beendigtem Feldzug, in ihre Stadt zu begleiten und unterdessen in dem benachbarten Orbe auf sie zu warten. Diese Gelegenheit in der Hauptstadt des Waadtlandes das Evangelium zu verkündigen, durfte er nicht vorübergehen lassen; Fabri ging allein nach Genf, wo übrigens wenige Monate später, Calvin von Farel zurückgehalten wurde.

Zu Lausanne war die politische und kirchliche Lage ähnlich der zu Genf. Farel hatte schon einen Reformationsversuch gewagt, war aber durch die mächtige, von Freiburg unterstützte Geistlichkeit an weiterm Wirken gehindert worden. Doch waren Keime vorhanden, die nach der Eroberung des Waadtlandes durch Bern zum Gedeihen gelangten. Viret ward nun der eigentliche Reformator von Lausanne. Er predigte in der Barfüßerkirche vor vielem Volk, das, in der ersten Befreiungshitze die Bilder zerschlug. Auf die Klage der Katholischen verordnete der Rath, es sei denen, die das Wort Gottes hören wollen, volle Freiheit gestattet, nur sei verboten, Bilder und Kirchengeräthe zu beschädigen. Wiederholtes Einschreiten der Stiftsherren, des Bischofs, der Freiburger, hielten die Bewegung nicht auf. Im April 1536 ward den Evangelischen auch die Dominikanerkirche überlassen, mit dem Bedeuten, weder Altäre, noch Orgel noch Sonstiges wegzuthun, da Solches Niemanden schade noch hindere das Wort Gottes zu hören.

Die Weigerung einiger Priester zu Thonon, mit Fabri zu disputiren, veranlaßte Bern, auf den 1. October 1536 ein öffentliches Religionsgespräch nach Lausanne auszuschreiben. Da Farel durch Abfassung der Thesen den vorzüglichsten Antheil daran nahm, so ist in seiner Biographie darüber berichtet worden. Dieses Gespräch rechtfertigte vollends die Reformation vor dem Volk, und befestigte das Ansehn Viret's, der mit Gelehrsamkeit und Gewandtheit die meisten der Thesen vertheidigte. Bereits den 9. October wurden die Bilder aus der Kathedrale entfernt, und den 5. November zugleich der Anschluß an Bern beschworen und die Kirchenverbesserung definitiv eingeführt. Die Berner Regierung ernannte Caroli und Viret zu Predigern; jener erhielt, weil er der ältere und Doctor war, die erste Stelle, doch ward ihm empfohlen, da man ihm nicht ganz traute und er ein Fremder war, sich in schwierigen Vorkommnissen mit Viret zu berathen. Es dauerte nicht lange, so trat der eitle, unstäte Caroli wieder als Gegner auf. Viret's geistige Ueberlegenheit war ihm zuwider; er fühlte sich beleidigt durch dessen Predigten, in denen er Anspielungen auf sein früheres Leben zu finden vorgab; daher klagte er ihn laut als Unruhstifter an. Während eines Besuches Viret's bei seinen Genfer Freunden las Caroli auf der Kanzel eine Schrift ab über die Nothwendigkeit der Gebete für die Todten, und erklärte, er würde in Zukunft die Zurechtweisungen eines so jungen Menschen wie sein Kollege nicht mehr annehmen. Viret eilte zurück und besprach sich vergebens mit ihm; die Sache kam vor den Rath und nach Bern, welches Boten nach Lausanne schickte; vor diesen und dem herbeigerufenen Calvin sah sich zuletzt Caroli nach langem Hin= und Herreden zum Widerruf genöthigt. Kaum hatte er Abbitte gethan, so erhob er gegen Viret, Farel und Calvin die Anklage, sie seien Arianer, Läugner der Gottheit Christi. Er mußte abermals widerrufen; die drei Reformatoren aber, um öffentlich ihre Ehre zu retten, verlangten die Zusammenberufung einer Synode nach Lausanne. Als diese den 14. Mai 1537 sich versammelte, legte Viret das Bekenntniß ab, „daß der Sohn und der heilige Geist mit dem Vater wahrer, ewiger Gott seien;" auch Calvin war es leicht, sich und Farel zu vertheidigen, während Caroli leidenschaftlich auf seiner gehässigen, aus der Luft gegriffenen Anklage beharrte. Die Synode erklärte das Bekenntniß der drei Reformatoren für rechtgläubig; Caroli, den man vergebens aufgefordert hatte, Gründe zu bringen, ward als Verläumder aus seinem Amte entlassen. Da er nach Bern appellirte, ward der Streit vor der, Ende Mai in dieser Stadt gehaltenen Synode wiederholt, mit dem nemlichen Erfolg; Synode und Rath erkannten Viret und die Genfer für unschuldig; Caroli, mit den Gerichten bedroht, entfloh, und kehrte schon zu Solothurn zum Katholicismus zurück.

Viret war nun zu Lausanne allein. Auch er bemühte sich die Kirchenzucht einzuführen, traf aber dabei auf eben so viel Widerstand, wie Calvin zu Genf und Farel später zu Neuenburg. Als die beiden Letztern von Genf vertrieben worden, und von Bern aus ein Versuch gemacht werden sollte, ihre Gegner wieder mit ihnen zu versöhnen, erhielt Viret den Auftrag, die Berner Boten zu begleiten; vergebens sprachen sie aber vor dem Genfer Rath, das Verbannungs= urtheil wurde bestätigt. Nach dem Umsturz der den Reformatoren feindseligen Partei weigerte sich Calvin zuerst, nach der ihm wider= wärtig gewordenen, verwilderten Stadt zurückzukehren; er empfahl Viret, und auf diese Empfehlung hin baten die Genfer die Berner Regierung, ihnen Viret zu überlassen; ungern gewährte ihn diese für eine Frist von sechs Monaten. Als Calvin es hörte, schrieb er an Farel: „Mit großer Freude habe ich erfahren, daß die Genfer Kirche nun Viret besitzt; ich kann jetzt hoffen, daß die Gefahr vor=

über ist." Zu Genf erkannte jedoch Viret bald die Nothwendigkeit, daß Calvin selber zurückkommen müsse; in einem Briefe vom 8. Februar 1541 machte er ihm eine lebhafte Schilderung des in den Gemüthern vorgegangenen Wechsels: man ist der Entzweiung, der leidenschaftlichen Auftritte müde geworden, die Zeit ist gekommen, den Wiederaufbau dieser Kirche zu unternehmen; "versäumst du es, so wird der Herr dich strafen, sein Evangelium verachtet zu haben." Dieser Aufruf trug viel dazu bei, Calvin zur Rückkehr zu bewegen; den 19. meldete er dem Rathe seinen Entschluß, nach dem Colloquium von Regensburg wieder nach Genf zu kommen; unterdessen wünschte er ihm Glück, in Viret einen treuen Prediger zu haben. Doch konnte er sich noch nicht der Besorgnisse erwehren; den 1. März schrieb er an Viret aus Ulm: "ich kenne keinen Ort unter dem Himmel, den ich mehr fürchte, als Genf;" er fühle sich den Schwierigkeiten nicht gewachsen, der Haß der Gegner sei zu groß. Erst im September kam er zurück; er wünschte Viret bei sich zu behalten und schrieb deshalb an die Berner Theologen, im Namen Christi sie bittend, bei dem Rathe dahin zu wirken, daß er ihn lasse; "kann ich ihn haben, so hege ich die schönste Hoffnung für die Zukunft." Calvin war über Neuenburg gekommen, wo Farel gerade von den Gegnern der Kirchenzucht heftig bedrängt war. Eine seiner ersten Sorgen zu Genf war, im Namen der Prediger Viret nach Neuenburg zu senden mit einem Schreiben an den Rath und mit dem Auftrage, die kräftigsten Vorstellungen gegen die Ausweisung Farel's zu machen; er sollte zeigen, daß ein Prediger nur durch die Kirche, die ihn berufen, gesetzlich entlassen werden dürfe, daß aus der Ausführung des gefaßten Beschlusses großes Uebel und Aergerniß entstehn würde, daß übrigens Farel überall hochgeachtet sei und stets das Rechte gethan habe im Werke Gottes. Man hat im Leben Farel's gesehn, daß diese Vorstellungen, verbunden mit denen anderer Kirchen, den gewünschten Erfolg hatten.

Es war dies Viret's letzte Arbeit im Dienste der Genfer Kirche. Der Bitten Calvin's ungeachtet berief ihn Bern nach Lausanne zurück. Mancherlei Kämpfe und Schwierigkeiten erwarteten ihn hier, bald mit den zahlreichen Gegnern der Sittenreform, bald mit den Berner Theologen über einige Kirchengebräuche und den Bann; Calvin wollte zwar, daß er in diesen Dingen nicht nachgäbe, doch ging er nach Bern und verständigte sich mit den Predigern auf eine Weise, die für einige Zeit dem Streit ein Ende machte. Er hatte einen Collegen, über dessen Mangel an Eifer er sich beklagte; die größte Last der kirchlichen Thätigkeit lag auf ihm; zudem war er Lehrer der Theologie an der Schule, welche Bern zu Lausanne gegründet hatte, um Prediger für die französisch redende Bevölkerung des Waadtlandes zu bilden; **Konrad Geßner** hatte hier (1537 bis 1540) die griechischen Klassiker erklärt; **Viret** legte die Bücher des Neuen Testamentes aus, **Johann Himbert** lehrte das Hebräische, **Johann Rebit** war **Geßner** nachgefolgt. 1538 hatte sich **Viret** mit **Elisabeth Furtaz** von Orbe verehelicht;*) in seinem Hause nahm er junge Leute auf, die die öffentlichen Vorlesungen besuchten und denen er noch außerdem Unterricht gab. Neben diesen Arbeiten fand er noch Muße, nicht nur zu einer weit ausgebreiteten Correspondenz, sondern auch zur Ausarbeitung zahlreicher Schriften; in diesen Jahren gab er catechetische Erklärungen der zehn Gebote und des apostolischen Symbolums, Sendschreiben an Protestanten, die unter Katholiken leben, polemische Tractate über das geistliche Amt und die Sacramente, satirische Dialogen gegen das Fegfeuer, die Messe, das Papstthum heraus. 1545 ging er mit **Farel** nach Bern im Interesse der verfolgten Waldenser, und nach Basel, um mit **Toussaint** über den Zustand der Mümpelgarder Kirche zu berathen und ihn, obwohl vergebens, zu bewegen, einen Ruf nach Genf anzunehmen. Als 1546 die Berner eine zweite theologische Lehrstelle zu Lausanne gründeten, wünschte **Viret**, sie möchten **Farel** berufen; sie gingen aber nicht darauf ein; in ihrem Widerwillen gegen **Calvin's** Grundsätze über das Kirchenregiment warfen sie ihm und seinen Freunden hierarchische Gesinnungen vor; sie sahen nur ungern das Eindringen seiner Lehren in das Waadtland, aus Furcht, ihr Einfluß könne darunter leiden; daher wollten sie nicht, daß neben **Viret** der noch entschiedener calvinische **Farel** angestellt würde. **Viret** selbst wurde ihnen verdächtig; als er, 1546, von einer Reise nach Straßburg zurückkam, beschuldigten sie ihn, die Buzer'sche Ansicht über's Abendmal angenommen zu haben. **Farel** und **Calvin** reisten für ihn nach Zürich, um die Vermittlung der dortigen Theologen für ihn anzusprechen. Die Berner Regierung hatte zwar für **Viret's** Redlichkeit die größte Achtung; aber nur nach wiederholten Reisen und Verhandlungen, und nachdem er von den Berner Predigern sehr unfreundlich aufgenommen worden, gelang es ihm, Anfangs 1549, sie durch ein Glaubensbekenntniß, das sie ihm abforderten, zu beschwichtigen. Bald darauf fand zwar der Zürcher Consensus statt; für **Viret** war er aber von keinem Nutzen, da die Zwingli'schen Berner, weit entfernt, ihn anzunehmen, in ihrer Feindseligkeit gegen die Genfer jetzt noch weiter gingen, als vorher. **Viret** blieb jedoch in seiner Freundschaft für **Calvin** unerschüttert; so wie er bei ihm Rath und Hülfe fand in der Bedrängniß, so war er seinerseits unablässig bereit, ihn zu unterstützen. 1548 war er mit

---

*) Sie starb im März 1546; das Jahr darauf verheirathete sich **Viret** ein zweites Mal mit einer Bürgerstochter aus Genf.

Farel mehrmals zu Genf, um Calvin beizustehn in seinem Kampfe gegen die Libertiner. Die Rathsbücher erwähnen der "schönen Ermahnungen", die Beide an die versammelten Räthe richteten, in der Furcht Gottes zu leben und den Streitigkeiten in der Stadt ein Ende zu machen. Das Jahr darauf fand er einen neuen Freund und den besten Mitarbeiter an Beza, der zu Lausanne als Professor angestellt wurde. Es folgte nun eine ruhigere Zeit, in der es ihm möglich ward, einige größere Werke zu verfassen, unter Anderm einen Dialog über das neueröffnete Tridentiner Concil, den er dem Magistrate seiner Vaterstadt Orbe widmete (11. Mai 1551), wo jedoch erst 1554 die Reformation durch Stimmenmehrheit eingeführt wurde; eine lateinische Schrift über das Amt und die Sacramente, dem Rath von Lausanne gewidmet (1. Juni 1553); eine ähnliche über dieselben Gegenstände, an die Berner Regierung gerichtet (20. Juni 1553); eine geschichtliche Darstellung der Entstehung des Papstthums, mit einer Zuschrift an Jakob von Bonstetten, Statthalter der Grafschaft Neuenburg (1. Juli 1554). Im Jahr 1552 besuchte ihn der aus Italien geflüchtete Girolamo Zanchi, der seine Predigten bewunderte und Freundschaft mit ihm schloß. In demselben Jahre führte ihn die Sorge für Calvin abermals nach Genf. Johann Trolliet hatte den Reformator angeklagt, in seiner christlichen Institution die Lehre zu behaupten, Gott sei der Urheber des Uebels. Da erschienen Viret und Farel vor dem Rath und erklärten so gründlich die mißverstandene Ansicht ihres Freundes, daß durch öffentlichen Beschluß die Institution als christliches Buch bestätigt wurde. Noch größern Kummer, als diese immer sich erneuernden Angriffe gegen Calvin, machten Viret die Nachrichten, die er damals aus Frankreich erhielt. Fünf junge Franzosen, die zu Lausanne ihre Studien gemacht hatten, waren als Prediger in ihr Vaterland zurückgekehrt und zu Lyon als Ketzer verhaftet und zum Tode verurtheilt worden. Auf Viret's und Beza's Betreiben verwandten sich die reformirten Cantone beim König Heinrich II. für die Gefangenen, allein ohne Erfolg. Viret, Farel, Calvin konnten nichts thun, als ihnen Trostbriefe senden; den 16. Mai 1553 erduldeten die Jünglinge heldenmüthig den Feuertod. 1555 erlitten fünf andere Franzosen das nämliche Schicksal zu Chambéry; auch an diese richteten Viret und seine Freunde aufmunternde Schreiben.

Für Viret selber bereiteten sich in dieser Zeit gefährliche Stürme vor. 1556 wurden, nach einer Empörung der Libertiner, die Häupter derselben aus Genf vertrieben. Bern, immer feindselig gegen Calvin, nahm sich ihrer an. In dem deßhalb zu Bern geführten Prozeß wurde auch Viret, namentlich von Peter Vandel, als Verläumder und Verräther angeklagt. Zu Lausanne sagte der durchreisende Perrin,

einer der Hauptgegner Calvin's, die schmählichsten Dinge über
diesen und Viret; letzterer, behauptete er, sei als schwacher Charakter
von Calvin überredet worden, die unschuldigen Libertiner der schwersten
Verbrechen zu beschuldigen; er, Perrin, habe die sichersten Zeugnisse
in Händen, um dies öffentlich zu beweisen. Die Lausanner nahmen
sich vor, ihn bei seiner Rückkehr deßhalb gerichtlich zu belangen. Indessen mußte Viret selber zu Bern erscheinen, wo man, wie Beza
an Bullinger schreibt, nicht mehr Rücksicht auf ihn nahm, als
wenn er ein ganz unbekannter und solcher Verbrechen fähiger Mensch
gewesen wäre. Er vertheidigte sich aber so, daß er nicht weiter be-
lästigt wurde. Dies war nur das Vorspiel der Kämpfe, die nun
zwischen ihm und den Bernern ausbrachen. Zu Lausanne herrschte
unter einem großen, besonders dem vornehmen Theil der Bevölkerung
dieselbe Sittenlosigkeit wie zu Genf; es gab auch da eine Parthei
der Libertiner, die sich der Disciplin nicht fügen wollte; und so wie
früher die Gegner der Reformation sich auf das katholische Freiburg
stützten, so benutzten jetzt die Gegner der Kirchenzucht den Widerwillen
Bern's gegen die Anhänger des Calvin'schen Systems. Viret's
Bestreben war, die nemliche Ordnung einzuführen, wie in der Genfer
Kirche, ein Konsistorium mit der Macht zu excommuniziren. Auf
seinen Antrag machte der Rath polizeiliche Verordnungen bekannt
über Sittenreform; Bern nahm es übel, daß man sich in der Waadt,
einem eroberten Lande, solche Freiheiten nahm, und schickte seine
eigenen Reglements, um sich darnach zu richten. Da zugleich Bern,
so wie überhaupt die ganze deutsche Schweiz, aus nicht unerheblichen
Gründen, die Gewalt des Kirchenbannes nicht in die Hände der
Prediger legen wollte, so widersprach Viret und es erfolgten lang
dauernde Streitigkeiten. 1558 drohte Viret das Abendmal nicht
mehr zu reichen, wenn der Bann nicht eingeführt würde; diesmal
ersuchte noch Bern den Lausanner Rath, den Reformator zu besänftigen,
und dieser gab nach; allein bald brach die Zwietracht von Neuem
aus. Trotz des im Jahre 1555 von den Berner Herren erlassenen
Befehls, man solle sich alles Disputirens über die Prädestination
enthalten, trugen mehrere waadtländische Prediger diese Lehre in ihrem
strengsten Sinne vor. Sie wurden abgesetzt; die Lausanner Klasse
protestirte; Bern bestand auf der Absetzung und, um dem Disciplin-
Streite ein Ende zu machen, setzte es in jeder Gemeinde ein Konsistorium ein, mit dem Rechte die Aergernisse zu bestrafen, aber ohne
Excommunication. Dagegen bestanden Viret und seine Kollegen
hartnäckig auf Letzterer und begehrten zugleich die Freiheit über die
Prädestination zu predigen. Aufgebracht über diesen Widerstand,
befahl der Berner Rath allen Waadtländer Professoren und Predigern,
vor ihm zu erscheinen; sie kamen den 15. August 1558, begehrten

eine Disputation und, da diese verweigert wurde, fügten sie sich noch einmal in den Willen der Regierung. Doch nahm die Verstimmung zwischen beiden Theilen täglich zu; schon im September verließ Beza Lausanne um sich in Genf niederzulassen. Viret, der in ihm seine kräftigste Stütze verlor, war höchst mißvergnügt, und ließ sich nur mit Mühe durch Calvin besänftigen, der Beza's Weggang zu rechtfertigen suchte. Zwar gieng Viret selber schon mit dem Gedanken um aus Lausanne wegzuziehn, wo durch die unaufhörlichen Konflikte mit Bern seine Wirksamkeit gehindert war; allein er wollte seinen Posten nicht freiwillig verlassen. Endlich, den 20. Januar 1559, wurde er mit seinem Kollegen Jakob Valier abgesetzt, nach zwei= undzwanzigjährigem Dienst in der Lausanner Kirche. Erst jetzt, da der Reformator selber gefallen war, nahmen auch die Professoren der Lausanner Schule und eine große Anzahl Prediger der Waadt ihre Entlassung. Viret war nicht entmuthigt; den 1. Januar 1560 schrieb er an den Rath und die Gemeinde von Payerne, er täusche sich nicht über die Schwierigkeiten der Reformation, sie sei ein Werk das nicht in einem Tage vollbracht werde, zu dem unser ganzes Leben nicht ausreiche; „daher müssen wir nicht auf das sehen, was Andere thun, sondern auf das was uns obliegt, um treulich unsere Pflicht gegen Gott zu erfüllen, dem allein, und nicht den Menschen, wir Rechenschaft schuldig sind." Er ging nach Genf. Den 2. März 1559 ward er als Prediger angestellt und erhielt das Bürgerrecht. Zahlreiche Zuhörer drängten sich zu seinen Predigten, die lebendiger, eindringlicher waren als die Calvin's. Von dem Rathe in Ehren gehalten, von dem Volke geliebt, an der Seite Calvin's und Beza's, hätte er, wie er sagt, keinen andern Aufenthalt mehr gewünscht als Genf. Seine größere Muße benutzte er zur Ueberarbeitung oder neuen Herausgabe mehrerer früherer Schriften, und zur Abfassung einiger neuer, namentlich eines sonderbaren didaktischen Buchs, die christliche Metamorphose betitelt, und eines Traktats über die Lehren vom Amt und von der Kirche, welchen er der Stadt Payerne zu= eignete, in der Erinnerung, daß er der Erste gewesen der hier das Evangelium geprediget hatte.

Leider konnte sein Aufenthalt zu Genf nicht von langer Dauer sein. Der Zustand seiner immer noch an den Folgen der Vergiftung leidenden Gesundheit war durch die Mühen und Sorgen der letzten Jahre noch bedenklicher geworden; im März 1557 schrieb Beza an Bullinger, Viret's kleiner, geschwächter Körper (debilitatum corpusculum) flöße seinen Freunden die größten Besorgnisse ein. Er bedurfte eines mildern Klima's; da traf es sich, daß mehrere Gemeinden des südlichen Frankreichs, unter Andern Nismes, von Genf Prediger begehrten. Viret verlangte nach Nismes zu gehn; obschon man für ihn die Gefahren der Reise in dem unruhigen Lande fürchtete, gab ihm der Rath einen zweimonatlichen Urlaub zur Wiederherstellung seiner Gesundheit. Den 6. October 1561 kam er an, und ward empfangen „wie ein Bote vom Himmel", obgleich er in seinem elenden Zustande aussah „wie ein mit Haut überzogenes Gerippe"; selbst Katholiken hatten Mitleid mit ihm und sagten: „was will der arme Mensch in diesem Lande? ist er nur gekommen um sich begraben zu lassen?" Schon den zweiten Tag nach seiner Ankunft predigte er; seine Schwäche war aber so groß, daß Viele meinten, er würde vor dem Schluß in Ohnmacht sinken. Doch erholte er sich bald in der mildern Luft. Er ward zum Präsidenten des Konsistoriums ernannt, führte ohne Widerstand die Kirchenzucht ein und hinderte, so viel an ihm war, das Zerstören der Bilder und die gewaltsame Besitznahme der Kirchen. Nach Verlauf der zwei Monate, meldete er an Calvin er könne kaum fort, er dürfe das begonnene Werk nicht verlassen; die Gemeinde erbat und erhielt von dem Genfer Magistrat eine Verlängerung des Urlaubs. Am Weihnachtstage predigte Biret zum ersten Mal in der Münsterkirche; nach der Predigt nahm er öffentlich mehrere angesehene Klosterleute, unter Andern Ludwig von Montcalm, Prior von Milhaud, und die Aebtissin von Tarascon, unter die Gemeinde auf.

Aus den Genfer Rathsprotokollen und aus einem Briefe Calvin's an Beza geht hervor, daß gegen Ende 1561 Biret für Paris verlangt wurde und daß er die Erlaubniß erhielt bis zum Sommer 1562 dort zu verweilen; der Rathsschreiber machte die naive Bemerkung: „man hofft er werde viel Frucht bringen und dazu beitragen das Parlament zu bekehren." Ein sonst zuverlässiger gleichzeitiger Schriftsteller, Pasquier, sagt, er habe in der That um diese Zeit in der Vorstadt St. Marcel gepredigt. Dies ist aber kaum zu glauben.*) Den Ruf mag er erhalten haben, er folgte ihm aber nicht; den 25. Dezember 1561 predigte er zu Nismes und den 15. Januar 1562 war er gleichfalls in dieser Stadt; zwischen diesen zwei Epochen war in damaliger Zeit eine Reise von Nismes nach Paris und zurück eine Unmöglichkeit.

Den 17. Januar 1562 wurde das sogenannte Januar-Edikt bekannt gemacht, das den Reformirten befahl, den Katholiken die ihnen mit Gewalt genommenen Kirchen zurückzugeben. Schon vor der Publizirung desselben war der Graf von Crussol, mit drei andern

---

*) Ebenso unrichtig ist es, wenn Hottinger, in seiner Historia der Reformation in der Eidgenossenschaft, S. 852 sagt, Biret habe dem Colloquium von Poissy beigewohnt. Er verwechselt ihn mit dem sonst wenig bekannten Prediger Johann Biret.

Commissarien, nach dem Languedoc geschickt worden, um die Kirchen wieder zu verlangen. Die Prediger der Provinz versammelten sich zu Montpellier, um darüber zu berathen; den 15. Januar richtete Viret ein denkwürdiges Schreiben an sie, in dem er sie aufforderte dem königlichen Befehle Folge zu leisten: „es wäre ein gefährliches Ding, sagte er unter Anderm, wenn es den Völkern gestattet wäre sich die Macht anzumaßen, die, nach göttlicher Ordnung, nur den Königen und den von ihnen eingesetzten Obrigkeiten gebührt. Wir können den Gehorsam nicht verweigern, ohne unsrer Pflicht zuwider zu handeln, ohne die Kirche und alle Gläubigen in große Gefahr zu bringen; unsre Gegner wünschen nichts mehr als unsern Widerstand, durch den wir ihnen Gelegenheit gäben uns anzuklagen; während wir sie durch unsre Unterwerfung zum Schweigen bringen." Zu Nismes ließ er die nemlichen Ermahnungen hören; was lag auch daran, da Religionsfreiheit gestattet war, sich in einer Kathedrale oder sonst wo zu versammeln? „Die Hauptsache, sagte Viret, ist uns gelassen, das andere ist nur Nebending." Schon den 22. Januar wurden in Nismes die Kirchen zurückgegeben; von nun an fand der Gottesdienst außerhalb der Mauern statt. Den 2. Februar kamen in besagter Stadt siebzig Prediger aus dem Unter-Languedoc zusammen, um sich unter Viret's Vorsitz über die Ausführung des Edikts zu verständigen; Manchen kam es hart vor sich unterwerfen zu müssen, allein des Reformators Ermahnungen fanden zuletzt auch hier Gehör. Kurz darauf verließ er Nismes, voll Bewunderung über den guten Geist der dort herrschte, über die Bereitwilligkeit der Evangelischen sich den königlichen Befehlen zu fügen, über die Liebe die sie ihm erzeigt hatten, über den Frieden zwischen den beiden Partheien, über die Verträglichkeit der Katholiken, von denen er nie auch nur die geringste Beschimpfung erlitten hatte. Er begab sich nach Montpellier, in der Absicht die dortigen Aerzte zu befragen und dann nach Genf zurückzukehren. Die seit 1559 in dieser Stadt gegründete und rasch aufgeblühte Gemeinde wollte aber den ausgezeichneten Prediger gleichfalls eine Zeit lang behalten. Eine besonders freundliche Aufnahme fand er bei den Aerzten und Professoren der berühmten medizinischen Facultät, unter welchen er treffliche Christen erkannte, „die die natürliche Philosophie mit dem Evangelium zu vereinigen wußten." Er nennt Lorenz Tonbert, Feynes, Frial, den Chirurgen Michel Hérouard, der mit Eifer für die Kirche von Montpellier thätig war, den Kanzler Saporta und den Naturhistoriker und Anatomiker Wilhelm Rondelet, die alle ihre Kunst anwandten um seine Gesundheit wiederherzustellen. Obgleich schon den 7. Februar die Kirchen zurückgegeben worden waren und die Gemeinde, zu der, wie man sieht, die gelehrtesten Männer der Universität gehörten, sich nur in einer

Behausung am Stadtgraben versammelte, predigte Viret mit so viel
Erfolg, daß sich die Zahl der Reformirten schnell und außerordentlich
vermehrte; während im Jahr 1560 nur 18 Taufen, und 1561 deren
260 statt gefunden hatten, stieg im Jahr 1562 die Zahl auf 528.
Viret's Pflicht zog ihn jedoch nach Genf; seine Familie war dort
zurückgeblieben, der Rath hatte ihm seine Besoldung gelassen, Cal=
vin wünschte ihn zurück, die Zeit seines Urlaubs war vorüber. Den
23. März schrieb er an Calvin um sich zu entschuldigen, zwei Ur=
sachen hielten ihn noch in Montpellier zurück, die Kur die er unter
den Augen der Aerzte befolgte, und die Unruhen in der Provence,
die die Straßen unsicher machten. Die nemlichen Gründe verhinder-
ten ihn auch dem Ruf der Gemeinde von Toulouse zu folgen, die
ihn durch abgesandte Boten eingeladen hatte bei ihr zu predigen.
Wenig Tage später kam aber ein anderer Ruf, der so dringend war,
daß er ihn nicht abweisen konnte; die Kirche von Lyon begehrte ihn
von Genf, und erhielt ihn für zwei Monate. Am Ostertage (29. März)
predigte er zum letzten Mal in Montpellier; das Volk behauptete, wäh=
rend seiner Predigt habe man drei Sonnen zugleich am Himmel gesehn.

Bereits Ende April begab sich Viret nach Lyon. Auch hier
hatten die Reformirten keine Kirchen mehr; sie versammelten sich ins
Geheim in einer der Vorstädte, pflegten aber Abends truppweise und
Psalmen singend die Straßen zu durchziehn bis in die innern Theile
der Stadt; vergebens mahnte einer der Prediger sie davon ab; trotz
der Verbote des Statthalters fuhren sie fort und widerstanden sogar
mit den Waffen in der Hand. Als Viret kam, that auch er das
Seinige um zur Ruhe zu mahnen; doch erregte seine Ankunft die
Geister noch mehr. Der Zudrang zu seinen Predigten war so groß,
daß er einst auf öffentlichem Platze predigen mußte; er soll so Viele
bekehrt haben, daß Agrippa d'Aubigné erzählt, Lyon sei eher
durch die Zunge Viret's als durch die Schwerter seiner Bürger
gewonnen worden. Diese Worte beziehen sich auf Folgendes.

Nach dem durch das Blutbad von Vassy herbeigeführten Aus=
bruch des Bürgerkriegs, bemächtigten sich die Hugenotten, den 30.
April, durch einen kühnen Handstreich der Stadt Lyon. In ihrer
Siegesfreude sandten sie, schon den 3. Mai, ein in enthusiastischen
Ausdrücken abgefaßtes Schreiben an den König ab, das ebenso von
ihren loyalen Gesinnungen, als von ihrem gänzlichen Verkennen der
damaligen Verhältnisse zeugt. Sie meldeten dem Fürsten, daß seine
Stadt Lyon nun für Christum gewonnen sei, worüber er, der aller=
christlichste König, sich freuen solle; sie hätten keinen neuen Herrn
eingesetzt außer dem, zu dem auch er sich bekenne; er sei glücklich zu
preisen, daß unter seiner Regierung die Wahrheit sich verbreite, und
sei noch jung genug um einst deren Sieg zu sehn; die Gegner und

Verfolger, die sich mit Unrecht Christen nennen, werden überwunden werden, so wie sie zu Lyon unterlegen sind; die Lyoner haben die Tyrannei umgestürzt, um sich dem zu übergeben, den sie nach Christo als ihren einzigen rechtmäßigen Herrn erkennen, dem König. Ob Viret an der Abfassung dieses, mit Psalmsprüchen und Liederstrophen angefüllten Schreibens Antheil hatte, wissen wir nicht; wir möchten vielmehr bezweifeln, daß er es billigte. Der Sieg war nicht rein geblieben; es waren in den katholischen Kirchen Gewaltthätigkeiten verübt worden, zu denen selbst einige Prediger das Volk aufgehetzt hatten. Viret suchte lange vergebens zu wehren; nur mit Mühe gelang es ihm die Gemüther zu besänftigen; er meldete es an Calvin, der den 13. Mai an die Prediger schrieb, um ihr Benehmen streng zu mißbilligen. Im Juni sandte das Lyoner Consistorium Boten nach Genf um Viret noch für längere Zeit zu erbitten; er hoffte zwar nicht der Kirche lange mehr dienen zu können, er fühlte sich krank und schwach, und fürchtete bald das Bett nicht mehr zu verlassen; doch machte er, während des neu erhaltenen Urlaubs, fast übermenschliche Anstrengungen, um während der Kriegsnoth und der Pest seine Gemeinde im Glauben aufrecht zu erhalten. Anfangs 1563 stellte diese abermals den Genfern vor, sie könne Viret nicht entbehren; er ward ihr nun für unbestimmte Zeit gestattet. Er nahm es an, „denn der Herr, sagte er, hat mich durch die Erfahrung belehrt, daß es nicht an seinen Dienern steht dahin zu gehn wo sie es wünschen, sondern daß sie ihm folgen sollen wohin er sie ruft." Er kam selber nach Genf und dankte dem Magistrat mit gerührten Worten für seine Wohlthaten; „es wurde beschlossen, heißt es im Rathsprotokoll, ihn ehrbar zu entlassen und ihm zu danken, daß er, den Gott gewählt hatte um das Evangelium in dieser Stadt aufrichten zu helfen, unsrer Kirche mit so viel Nutzen gedient hat, daß das Andenken daran unvergeßlich sein wird; auch ist verordnet worden ihm Alles zu geben was er zur Reise bedarf."

Nach der Einnahme durch die Hugenotten blieb zu Lyon der katholische Gottesdienst unterbrochen, bis zum Frieden von Amboise, 19. März 1563. Den 15. Juni rückten katholische Truppen in die Stadt; die Messe ward wieder hergestellt, die Mönche erschienen wieder, 1564 zog Carl IX. ein und ließ den Katholiken die Kirchen zurückgeben, welche die Reformirten noch inne hatten. Doch ward der Gottesdienst dieser Letztern noch nicht gestört. Kurz nach der Wiederherstellung des katholischen Cultus im Sommer 1563 wünschte Viret eine Synode zu halten; das Consistorium wandte sich deßhalb an den König, der aber unter dem Vorwande der Unruhen seine Bewilligung verweigerte; Viret klagte darüber an Calvin (28. Juli); er sagte, die meisten Prediger seien schon unterwegs, und meinte er hätte vielleicht besser daran gethan keine Erlaubniß zu begehren. Es scheint indessen, daß die Schwierigkeiten gehoben wurden, denn den 10. August trat die Synode zusammen: sie wird als die vierte der französischen National-Synoden gezählt. Viret wurde zum Vorsitzenden (Moderator) und zugleich zum Secretär erwählt; die Versammlung faßte eine Reihe von Beschlüssen, theils um gewisse Punkte der Disziplin genauer zu bestimmen, theils um die Verhältnisse mehrerer Kirchen zu regeln und einigen Predigern Verhaltungsmaßregeln zu geben über schwierige Fälle. Da sich zu Lyon auch eine italienische, meist aus flüchtigen Lucensern bestehende Gemeinde gebildet hatte, schrieb Viret, den 20. September 1563, im Namen des Consistoriums an Zanchi, er möge als Prediger für seine Landsleute kommen, es sei Pflicht die Freiheit zu benutzen die den Protestanten in Frankreich gestattet ist; die meisten der Italiener zu Lyon verstünden zwar französisch, allein sie bedürften eines Predigers ihrer Sprache, sowohl wegen des Unterrichts der Jugend, als weil ein katholischer italienischer Geistlicher heftig gegen die Reformation eiferte. Zanchi, der schon Ende 1561 einen ähnlichen Ruf von Lyon erhalten und abgelehnt hatte, wäre diesmal gerne gekommen, wenn er nicht bereits für Chiavenna zugesagt hätte.

Der Posten zu Lyon war ein äußerst schwieriger; zwar hatte Viret mehrere thätige Collegen; auch fand er Ende 1563 einen längst ihm befreundeten Mitarbeiter an Christoph Fabri, der flüchtig von Vienne herüberkam. Allein die meiste Sorge lag auf ihm, dem Präsidenten des Consistoriums. Die Protestanten waren zahlreich, die Katholischen waren es nicht minder; der durch die Bürgerkriege entbrannte Haß war durch das Friedens-Edikt von Amboise nicht ausgelöscht worden; eifrige Mönche, zumal Jesuiten, bekämpften den Protestantismus; zudem waren, auf das Edikt sich berufend, dem zufolge Niemand wegen seines Glaubens gestört werden sollte, Sectirer aufgetreten, die die Gemüther entzweiten und der guten Sache manchen Schaden brachten. Schon gleich nach seiner Ankunft zu Lyon hatte Viret sich veranlaßt gesehn, einem sonst trefflichen, gelehrten Mann zu widersprechen. Anfang 1562 war hier ein merkwürdiges, mit vieler Mäßigung geschriebenes Buch erschienen über die Ordnung und Polizei in der christlichen Kirche;*) der Verfasser, Johann Morely, aus Paris, ein nach Genf geflüchteter Hugenott, hatte es Viret gewidmet, nachdem Calvin sich geweigert hatte, das Manuscript durchzusehn. Es entwickelte, in Bezug auf Kirchenregiment, die extremsten demokratischen Grundsätze; die Prediger sollen blos von der Gemeinde gewählt und entlassen werden; selbst über Sitten und Lehre soll nur die Gemeinde richten. Die den 25. April 1562 zu Orleans gehaltene Synode verwarf das Buch,

---

*) Traicté de la discipline et police chrestienne. 4°.

als die Auflösung der Kirche bezweckend. Morely erbot sich, dem Urtheil Farel's, Calvin's und Viret's sich zu unterwerfen; namentlich hoffte er, sich mit Letzterm, den er persönlich hochachtete, verständigen zu können; von ihrem Standpunkte aus konnten aber die Reformatoren seine Tendenzen nicht billigen, und durch Beschluß des Genfer Magistrats (16. September 1563) wurde seine Schrift verboten und öffentlich verbrannt.*) Eine weit gefährlichere erschien zu Lyon kurz nach dem Frieden von Amboise; sie war anonym und führte den Titel: „Die bürgerliche und militairische Vertheidigung der Unschuldigen und der Kirche Christi;**) da sie den Aufstand gegen die Tyrannen rechtfertigte, erregte sie großes Aufsehn. Der Statthalter, Herr von Soubise, übergab sie Viret, welcher in seinem und seiner Collegen Namen ein Gutachten abgab, in dem er erklärte, sie enthalte falsche, gefährliche, wiedertäuferische Lehren. Sie wurde verboten (11. Juni 1563); der damals zu Lyon anwesende, berühmte Rechtsgelehrte Carl Dumoulin, den man fälschlich im Verdacht hatte, der Verfasser zu sein, wurde gefangen gesetzt, nach wenig Tagen aber wieder frei gelassen. Zu derselben Zeit ungefähr hielt sich der Antitrinitarier Valentino Gentile zu Lyon auf; sein gegen Calvin gerichtetes „Evangelisches Bekenntniß" erschien hier im Drucke. Er wurde gefänglich eingezogen, redete sich aus und zog, im Sommer 1563, mit Alciati, der wahrscheinlich mit ihm zu Lyon war, nach Polen. Im Juni 1566 kam er wieder nach Gex, wurde jedoch wenige Monate später zu Bern hingerichtet. Ob er unter den Lyoner Italienern einigen Anhang gefunden hatte, vermögen wir nicht zu sagen; indessen fehlten auch unter ihnen die zu Grübeleien geneigten Geister nicht. Im Jahr 1566 traten zwei derselben mit einer mystischen Ansicht vom Abendmal auf; sie behaupteten, in dem Sacrament, so wie es in der Kirche gefeiert wird, sei Christus auf keine Weise gegenwärtig, die Genießenden treten dadurch nicht einmal in geistige Gemeinschaft mit ihm; diese letztere, die geistige, sei zwar die allein wahre, bedürfe aber der äußern Zeichen nicht. An den einen dieser Leute, mit Namen Alamanno, richtete Beza, den 2. Juni, ein längeres Schreiben, um ihm seinen Irrthum zu beweisen. Ein katholischer Schriftsteller des sechzehnten Jahrhunderts sagt, Viret habe mit dem erzbischöflichen Vicar gemeinschaftliche Sache gemacht, um diese, die Lyoner Kirche störenden Ketzer zu unterdrücken; dies heißt wohl nur so viel, daß Beide gleichzeitig auf die Entfernung der zwei Italiener drangen, da diese, wie es scheint, sich sowohl an Katholiken als an Reformirte

---

*) Sie wurde auch von den Synoden zu Paris, 1565, und zu Nismes, 1572, verdammt.

**) De la défense civile & militaire des innocens & de l'Eglise.

wandten. Viret hat sich um so weniger zu irgend etwas mit der katholischen Geistlichkeit verbinden können, da er selber und seine Gemeinde unaufhörlich ihren Anfeindungen ausgesetzt war. Der gelehrte Jesuit Antonio Possevini gab einen italienischen Tractat zu Gunsten der Messe heraus; sein Ordensbruder Edmund Auger, der 1563 die erste Messe zu Lyon wieder feierte und später Beichtvater des Königs Heinrich III. ward, schrieb einen französischen Katechismus, nach der Ordnung des Calvinischen, aus dem er Manches entlehnte, um desto leichter das reformirte Volk irre zu führen. Außerdem wurde auf den Kanzeln heftig gegen die Ketzer gepredigt. Viret, der sich an den großen Erfolg erinnerte, den früher die öffentlichen Religionsgespräche in der Schweiz gehabt hatten, wünschte nun ein ähnliches zu Lyon zu halten; er meinte, „dieses Mittel der Wahrheit den Sieg zu verschaffen, sei besser, als die Menge gegen die Ketzer aufzuhetzen und in Bezug auf die Religion, in der man am meisten einig sein sollte, Feindschaft und Haß zu erregen; nur durch öffentliche Besprechung kann die Sache ohne Schwerdt und Feuer, ohne Mord und Krieg, entschieden werden; und geben wir zugleich unsere gegenseitigen Meinungen durch die Presse kund, so können Alle sich belehren, gerade wie die Richter, wenn sie die Acten eines Prozesses durchgehn." Die katholischen Geistlichen weigerten sich aber lange, mit den Geistlichen sowohl öffentlich als in Privat-Unterhaltung zu disputiren. Erst 1565 willigten der Franziskaner Johann Ropitel und der Jesuit Auger ein, mit Viret einige Artikel zu verhandeln, und zwar nur schriftlich. Sie übergaben ihm eine Reihe von Fragen, die sich, in sonderbarer Unordnung, theils auf ganz untergeordnete Dinge, theils auf die Hierarchie, die Taufe und die Excommunication bezogen. In seiner in würdigem Tone gehaltenen Beantwortung führte Viret sämmtliche Artikel auf die allgemeinen evangelischen Grundsätze zurück, und fügte seinerseits zwölf Fragen bei; die vorzüglichsten waren: ist es erlaubt, Zusätze zum Worte Gottes zu machen? wird Gott durch äußere Ceremonien wahrhaft verehrt? kann es nach der Bibel ein einziges sichtbares Oberhaupt der Kirche geben? kann etwas in der Welt geschehn, gutes oder böses, ohne die Vorsehung Gottes? Viret gab das Ganze durch den Druck heraus; ob Ropitel und Auger auf seine Fragen antworteten, ist uns nicht bekannt.

Diese Schrift war nicht die einzige, die Viret zu Lyon veröffentlichte; trotz seiner Körperleiden entwickelte er eine außerordentliche literarische Thätigkeit; zum Theil durch die Angriffe der Gegner veranlaßt, gab er in den Jahren 1563 bis 1565 mehrere seiner bedeutendsten Werke heraus: seine große **Christliche Unterweisung**, wovon er den ersten Theil der Gemeinde von Nismes (7. Dezember 1563), und den zweiten der von Montpellier (12. Dez. 1563) widmete; einen

Tractat über die Gebete der katholischen Geistlichen; drei einander ergänzende Bücher über die Auctorität der heiligen Schrift, die Gewalt der Schlüssel und den über die wahre und die falsche Kirche geführten Streit; die beiden ersten richtete er an die Einwohner Lyon's beider Bekenntnisse (9. und 12. April 1564), das dritte an die Herzogin Renata von Ferrara (5. April 1565); ferner eine satirische Schrift über die Messe; einen früher schon geschriebenen Tractat über das Interim, den er dem Admiral Coligny zueignete (20. Septbr. 1565); endlich eine Abhandlung über das Abendmal, und eine über die göttliche Vorsehung, das heißt über die von den Katholiken häufig den Reformirten zur Last gelegte Prädestination.

Wann Viret Lyon verließ ist ungewiß; er war daselbst noch den 20. September 1565. Den 4. Oktober erwählte ihn die Neuenburger Klasse an die Stelle des kürzlich verstorbenen Farel; da er nicht annahm, wurde Fabri berufen. Ein königliches Edikt vom 14. Dezember 1563 hatte, unter dem Vorwand den Frieden von Amboise zu interpretiren, das heißt zu beschränken, verboten, in Zukunft ausländische Prediger in Frankreich anzustellen; mehrere Schriftsteller haben behauptet, daß dies Verbot sofort auf Viret angewandt wurde; man sieht jedoch aus Obigem, daß dies nicht der Fall war. Wahrscheinlich benutzten es erst Ende 1565 die Jesuiten, um den wegen seiner Mäßigung und Friedensliebe allgemein geachteten Prediger zu entfernen. Er ging nach Orange, das dem Fürsten Wilhelm von Nassau unterthan war. Von hier berief ihn Johanna von Albret an ihre neue, im Jahr 1566 errichtete Akademie von Orthez, in Bearn. Von nun an verschwindet er beinah aus der Geschichte; seine literarische Thätigkeit hörte auf; vielleicht hinderte ihn zunehmende Kränklichkeit an bedeutendem Wirken; vielleicht begnügte er sich, in dem ganz evangelischen Lande zu keiner Polemik gezwungen, mit dem öffentlichen Lehren der Theologie. Doch ward auch hier noch einmal seine Ruhe gestört. 1569 fielen katholische Truppen unter dem Vicomte von Terride in Bearn ein, bemächtigten sich auch der Stadt Orthez, vertrieben die Professoren, nahmen Viret, den berühmtesten und am meisten gefürchteten, als Gefangenen mit und brachten ihn in ein festes Schloß bei Chabanay. Diese letzte Prüfung dauerte indessen nur kurze Zeit; Orthez wurde von dem Grafen Montgoméry wieder mit Sturm genommen; ein anderes Hugenottencorps nahm Chabanay, und schenkte dem Befehlshaber die Freiheit auf sein Versprechen, auch Viret freizulassen. Er wurde zu Orthez wieder eingesetzt, starb aber schon 1571, sechzig Jahre alt, der letztüberlebende des großen Triumvirats, das die Reformation in der romanischen Schweiz und von da aus in Frankreich begründet hatte.

II.

In einem Briefe aus dem Jahre 1549 schrieb Farel an Bullinger: „Gott hat uns Viret gegeben; ich kenne ihn besser als mich selber und bezeuge daß ich nie etwas Anderes in ihm gewahr ward, als wahre aufrichtige Liebe zu Christo und seinem Evangelium, ein demüthiges, liebevolles, nach Frieden strebendes Gemüth; sähe er nicht, daß der Irrthum so Vielen Verderben bringt, und wäre er sich nicht bewußt, von Gott getrieben zu werden, so würde er nie mit Jemanden streiten; im Streiten selbst zeigt er so viel Mäßigung, daß die Gegner, gezwungen die Thatsachen anzuerkennen, nichts Anderes zu thun wissen, als zu behaupten, es sei Alles nur Heuchelei bei ihm."

Diese einfache Characteristik, deren Wahrheit durch Viret's ganzes Leben bezeugt ist, dient auch zur Erklärung der Wirkungen die er hervorbrachte, überall wo er für die Reformation thätig war. Während Farel durch sein rasch entzündendes Feuer und Calvin durch die Gewalt seiner Gedanken die Herzen gewannen und die Gegner zum Schweigen brachten, hat Viret's Persönlichkeit, welche bei eben so viel Festigkeit wie seine zwei Freunde, mehr Milde und einnehmende Sanftmuth besaß, ganz ähnliche Resultate erreicht. Die Mittel, durch die er in der romanischen Schweiz sowie in Südfrankreich gewirkt hat, waren seine Predigten und seine Schriften.

Von seinen Predigten ist leider keine erhalten; sie waren wohl meist improvisirt, wie die Farel's und Calvin's; während aber die des Letztern durch Nachschreiber aufbewahrt wurden, hat sich, wie es scheint, für die beiden andern Reformatoren Niemand gefunden, der ihnen einen ähnlichen Dienst geleistet hätte. Nur aus ihren Wirkungen und einigen Zeugnissen von Zeitgenossen kann man auf das Eigenthümliche der Predigten Viret's schließen. Ein Genfer Chronist sagt, sie seien bei dem Volke in hohem Grade beliebt gewesen; Zanchi, der 1552 Calvin zu St. Gervais und den gerade in Genf anwesenden Viret zu St. Peter predigen hörte, bewunderte des Letztern außerordentliche Beredsamkeit und stellte ihn als Redner höher als Calvin. Beza sagt: „Niemand hat gelehrter gepredigt als Calvin, Niemand kräftiger als Farel, Niemand sanfter als Viret." Ohne Zweifel darf man übrigens annehmen, daß sich in den Predigten dieses Letztern die nämlichen Eigenschaften kund gaben, wie in seinen Schriften, die großentheils ebenso improvisirt zu sein scheinen, wie seine öffentlichen Reden; was daher von jenen zu sagen ist, läßt sich auf diese anwenden.

Viret war einer der fruchtbarsten Schriftsteller der Reformationszeit; leider sind seine meist für das Volk bestimmten Werke wenig in die Hände der Gelehrten oder in Bibliotheken gekommen, und daher äußerst selten geworden.*) Was sie vorzugsweise characterisirt, das ist eine ungewöhnliche klassische und theologische Belesenheit, reiche Einbildungskraft, strenge Logik, verbunden mit Geist und Witz. Die im Ganzen klare Darstellung ist oft weitschweifig und gedehnt; schon frühe, 1546, hatte Calvin diesen Fehler Viret's getadelt, der eine Folge der Schnelligkeit seines Arbeitens war. Die Sprache ist die des Volkes für das er schreibt, populär und mitunter trivial; er sagt selber: „meine Sprache ist nicht attisch, ich verstehe nichts von Rhetorik, ich verfalle oft in mein Patois zurück;" er that dies sogar absichtlich, um besser verstanden zu werden. Der Zweck seiner Schriften war Volksunterricht und Polemik; das theologische System hat er weder tiefer begründet noch weiter entwickelt; er ist Schüler Calvin's und hat sich als solcher begnügt, dessen Theologie für das Volk zu verarbeiten oder gegen den Katholicismus zu vertheidigen. Man kann daher seine Schriften in zwei Hauptklassen eintheilen, in solche, die zur positiven Belehrung der Glieder der reformirten Kirche bestimmt sind, und in solche, die die Bekämpfung katholischer Lehren und Gebräuche zur Absicht haben. Die erstern sind entweder Lehrbücher für Anfänger, oder Ermahnungen in dem Bekenntniß des evangelischen Glaubens festzuhalten.

Die Lehrbücher sind Catechismen in dialogischer Form, in der Methode hie und da abweichend von dem Catechismus Calvin's. Sie bilden eine progressive Reihe, den verschiedenen Alters- und Bildungsstufen angemessen, von dem ersten Elementar-Unterricht fortschreitend bis zur vollständigen gründlichen Darstellung für Erwachsene. In seinen spätern Jahren, während seines Aufenthalts zu Lyon, brachte Viret diese Schriften nebst einigen andern in eine Sammlung, die er durch mehrere neue Stücke vervollständigte und unter dem Titel herausgab: „Christlicher Unterricht in der Lehre des Gesetzes und des Evangeliums, in der wahren Philosophie und der natürlichen und übernatürlichen Theologie, in der Betrachtung der Abbilder und Werke der Vorsehung in dem Weltall, und in der Geschichte der Erschaffung, des Falls und der Erlösung des Menschengeschlechts." Auch dieses große Werk ist in dialogischer Form. Aeußerst selten, ist es in spätern Zeiten wenig beachtet worden, und doch ist es eines der merkwürdigsten Erzeugnisse der reformatorischen Literatur des sechzehnten Jahrhunderts. Das Hauptinteresse besteht nicht sowohl in den theologischen Parthien, als in der Anwendung des Christenthums auf die mensch-

---

*) Viret soll mehrere Werke unter dem Namen Firmianus Chlorus herausgegeben haben. Alle, die ich jedoch von ihm gesehn habe, tragen seinen wahren Namen auf dem Titel. Seine Briefe unterschrieb er zuweilen mit Cephas Tervius, Anagramm von Viretus.

lichen Verhältnisse und in der christlich=philosophischen Weltanschauung. Der Exposition der zehn Gebote, die ein vollständiges Moral=System darstellt, geht eine Ermahnung an alle Obrigkeiten voran über die verschiedenen Regierungsformen, um zu zeigen, daß die drei Hauptformen, Monarchie, Aristocratie und Democratie, an und für sich gleichgültig sind; in jeder kann nach blos menschlicher Willkür regiert werden; wo dies geschieht, tragen die Gesetze das Gepräge der Leidenschaft und es entstehn Uebel aller Art; wo aber das Gesetz Gottes herrscht, da ist es einerlei, welche Form man einführt, jede kann passen.

Der zweite Theil des Werkes enthält die natürliche und die christliche Theologie, eine Art Apologetik des Christenthums, voll tiefer und origineller Gedanken. So groß auch, sagt Viret im Eingang, der Widerstand gegen das Evangelium war, so ist es doch siegreich durch alle Hindernisse hindurchgedrungen und jeder kann jetzt seine Klarheit sehn. Dennoch gibt es noch Viele die blind dafür sind: Unwissende, die es schwer ist dem Aberglauben zu entreißen; Furchtsame, die es nicht wagen sich auszusprechen; Ehrgeizige, die die Wahrheit erkannt haben, aber um hohen Herren zu gefallen, äußerlich katholisch bleiben; daneben auch solche, die, den Vorwand der Religionsstreitigkeiten benutzend, jede Religion für zweifelhaft erklären und keine befolgen; sie nehmen wohl einen Gott an, „nennen sich mit einem neuen Worte Deisten", geben vor an die Unsterblichkeit der Seele und an eine Vorsehung zu glauben, sehen aber Alles was von Christo erzählt wird, „für Fabeln und Träumereien" an. Ja, auch völlige Atheisten kommen vor, und zwar gerade unter den scharfsinnigsten, gelehrtesten Köpfen. Um nun namentlich den Deisten und Atheisten entgegen zu arbeiten, und besonders „Philosophen und Aerzte anzuregen, ihre Wissenschaft dem Dienste Gottes zu widmen," will Viret zeigen, wie die ganze Schöpfung und speziell der Mensch, „gewöhnlich die kleine Welt (Microcosmus) genannt," Zeugniß ablegt von dem Dasein, der Vorsehung und der Gerechtigkeit Gottes. Er entwickelt diesen Gedanken weitläufig durch die verschiedenen Reiche der Natur hindurch, bei Gelegenheit des Artikels des apostolischen Symbolums über Gott als Schöpfer. Doch verfährt er nicht rein philosophisch, sondern vermischt Bibellehre und Naturbetrachtung mit einander; er argumentirt aus jener, statt sie durch diese zu bestätigen, so daß er auf die, welche die Bibel nicht annahmen, seinen Eindruck verfehlen mußte. Immerhin ist sein Versuch in den Geschöpfen und Natur=Erscheinungen Sinnbilder, Offenbarungen der unsichtbaren Dinge zu finden, geistreich durchgeführt, obgleich seine Naturkenntniß nicht über Aristoteles und Plinius hinausgeht. Bei dem Menschen angekommen, sagt er, er sei ein Abbild der gesammten Schöpfung; er trage von allen Kreaturen etwas an sich, obwohl keine ihm ähnlich ist. Alle Bewegungen (Neigungen) in den Geschöpfen, bewußt oder nicht, kommen von Liebe; dies führt auf die Liebe Gottes zurück, als Urgrund alles Seins. Liebe ist Mittheilung, sie kann nicht unthätig sein; daher die Schöpfung der Welt und besonders des Menschen. Allen Geschöpfen hat Gott etwas von seiner Liebe mitgetheilt, sie spiegeln sie theils ab, theils sind sie vermöge derselben zu einander geneigt; daher die Ordnung und Harmonie der Welt. Aber nicht alle Geschöpfe haben ein Bewußtsein ihrer natürlichen Bewegungen, sondern nur die Engel und die Menschen; diese allein besitzen daher Leben in höherem Sinne; Thiere und Pflanzen haben auch Leben, aber keine Seele; die Steine haben keines, oder man müßte das Wort Leben in allgemeinster Bedeutung nehmen. Hier folgt dann eine genaue Beschreibung der innern und äußern Organe des menschlichen Körpers, nebst den großentheils falschen, damals in der Medizin gangbaren Hypothesen über deren Bestimmung. Mehr Werth als dieser Theil hat Viret's Beweisführung in Bezug auf die Unsterblichkeit der Seele. Nachdem er zuerst das Fegfeuer und die Seelenwanderung widerlegt, welche letztere „damals Anhänger unter den Philosophen hatte," geht er zur Unsterblichkeit über; er erkennt zwar daß die Vernunft sie nicht über allen Zweifel zu erheben vermag, und daß sie wesentlich ein Gegenstand des Glaubens ist, doch gibt er einige, und zwar von den besten philosophischen Argumenten an: man kann auf die Unsterblichkeit schließen aus dem Begriff, den sich der Mensch von unendlicher Fortbauer macht, aus seiner Sehnsucht danach, aus der angebornen Furcht vor Vernichtung, aus der Idee der Gerechtigkeit Gottes, aus dem auf Erden nie befriedigten Streben nach Erkenntniß und Glückseligkeit. Dieser, das Werk abschließende Abschnitt ist reich an schönen, erhabenen Stellen, in denen Viret eben so groß als Redner wie als christlicher Weiser erscheint.

Bevor wir zu einer andern Klasse seiner Werke übergehn, ist noch seine **Christliche Metamorphose** zu erwähnen, die gewissermaßen seinen Lehrschriften beigezählt werden kann. Das sonderbar scheinende, auch wieder in Gesprächen sich bewegende Buch ist keine Satire, sondern hat einen sehr ernsten Zweck. „Die alten Poeten haben viel von Verwandelungen geredet, besonders Ovidius, der ein ganzes Buch darüber geschrieben hat; dies ist aber Alles nur Lug und Trug; nichts desto weniger ist es ergötzlich, weil der Mensch von Natur Bilder und Dichtung liebt." Um nun dem Einfluß der heidnischen Dichter entgegen zu wirken, und die Macht und das Recht der Phantasie anerkennend, unternimmt Viret eine Metamorphose zu schreiben in christlichem Sinn. Im ersten moralisch-religiösen Theil wird gezeigt, wie der Mensch sich durch die Sünde geistig und körperlich verunstaltet, allein durch den Glauben an Christum seine wahre Gestalt wieder herstellt. In den der Verunstaltung gewidmeten Dialogen herrscht eine tiefe Traurigkeit vor, die selbst durch den mitunterlaufenden Scherz durchklingt; in seinen Schmerzen und Aengsten, unter den Kriegen der Fürsten und dem Zwiespalt der Religionen, kommt dem Betrachter das Leben wie „eine elende Farce" vor; der Mensch scheint sich in Thier verwandeln zu wollen. Seine Seele ist aber nach dem Bilde Gottes geschaffen; in dieses soll sie wieder verwandelt werden, durch die Wiedergeburt. Der Nicht=Christ, der natürliche Mensch ist zwar über das Thier erhaben, ist ihm aber doch zu vergleichen, insofern er die wahre Kenntniß Gottes nicht hat; was den Menschen vom Thiere scheidet, ist die Fähigkeit Gott zu erkennen. Die Thiere haben auch eine Art Vernunft (raison), ja sie sind in ihrer Natur weniger verdorben als der Mensch, sie erfüllen ihre Bestimmung sicherer als dieser die seinige, und können ihm, in diesem Bezuge, als Vorbild dienen. Dies führt zum zweiten Theile: die Schule der Thiere. „Die Philosophen gleichen oft Predigern, die sehr schön reden aber sehr schlecht handeln, und nichts von dem thun, was sie die Andern lehren. Diese Lehrmeister aber (die Thiere), zu denen uns der heilige Geist in der Bibel hinweist, unterrichten uns nicht durch viele Worte, sondern durch ihre That, durch ihr Beispiel." Hier folgt dann eine Reihe von Gesprächen, voll origineller Betrachtungen über das Thierleben und oft treffender Anwendungen auf den Menschen, nebst verkehrten, der damaligen Naturhistorie angehörenden Ansichten und weit hergeholten Digressionen. Ameisen und Spinnen sind Lehrer einer guten Haushaltung; Tauben, Schwalben, Hasen, Vorbilder der Familienliebe; Bienen, der Staatswirthschaft und der Arbeitsamkeit, wobei gelegentlich von der Pflicht der Obrigkeiten, den Müßiggang nicht zu dulden, gesprochen, und gegen die Bettelmönche losgefahren wird. Andere Thiere sind in der Kriegskunst geschickt; hier wird von erlaubten und unerlaubten Kriegen geredet, und mit einem Sprung auf den geistigen Krieg der Christen, ihren Feind, ihre Waffen, ihren Heerführer übergegangen. Dann kommen die Künste, die mechanischen und die freien; was jene betrifft, kann man von Bienen und Spinnen lernen; in Bezug auf die freien, besitzen Füchse, Hunde, Raben, u. s. w. eine auffallende „dialektische Kunst"; die Vögel sind Lehrer der Musik; einige Thiere sind „Astrologen", indem sie die Witterungswechsel verkündigen; Alle sind Aerzte, die sich selber heilen; hieran knüpft sich ein Excurs über die Krankheiten, die Pflichten der Aerzte, und die zu befolgende Diät in der besonders die Thiere Muster sind. Hinsichtlich der moralischen Tugenden ist der Hund Lehrer der Treue, der Löwe der Großmuth, die Taube der Geduld u. s. w. Von da aus schlägt Viret plötzlich einen andern Gedankengang ein, indem er auf das kommt, was den Menschen vom Thier unterscheiden soll: es ist nicht allein die Sprache, denn auch die Thiere haben eine Art Sprache, manche können wirklich sprechen lernen, und viele Menschen sprechen nicht anders als die Thiere, ohne Sinn und Verstand; es ist auch der äußere Gottesdienst nicht allein, denn den Alten zufolge wenden sich der Elephant und der Cynocephalus der Sonne zu, und die Götzendiener machen es nicht besser; endlich ist es nicht einmal die Weissagung, denn Bileams Esel hat geweissagt, und es gibt zahllose falsche Propheten. Der Mensch wird nur wahrer Mensch, wenn das Bild Gottes durch den heiligen Geist wieder in ihm hergestellt wird.

Wir haben uns bei diesem wunderlichen Buche etwas länger aufgehalten, um zu zeigen, wie mächtig Viret von dem Gedanken beherrscht war, Alles auf die christliche Umgestaltung des einzelnen Menschen, so wie der ganzen Gesellschaft zu beziehen, und wie diese stete Präoccupation ihn an dem aesthetischen Ausbau eines Werkes gehindert hat, das viel anziehender und mithin viel lehrreicher geworden wäre, wenn er weniger nüchterne Abschweifungen und polemische Ausfälle darein gemischt hätte. Doch es ist Zeit zu einer andern Gattung seiner Schriften überzugehn, zu den Ermahnungen im evangelischen Bekenntniß zu verharren.

Diese Ermahnungen sind Sendschreiben bald an evangelische Christen, die unter Katholiken wohnten, wo sie der Predigt entbehren mußten und Verfolgung litten, bald an gefangene, dem Tod entgegensehende Prediger, bald an solche, die sich rühmten Protestanten zu sein, aber vorgaben, die äußerlichen Gebräuche des Papstthums mitmachen zu können ohne Schaden für ihr Gewissen. Schöne, herrliche Worte kommen in diesen Stücken vor. Viret tadelt die, welche „sich als große Eiferer für das Evangelium erweisen wollen, indem sie, ohne Wahl der Gelegenheit und der Umstände, gegen den katholischen Götzendienst schreien, und statt die Gemüther zu erbauen, nur die Schwachen verwirren und die wahrhaft Gottesfürchtigen in Gefahr bringen. Als Paulus zu Athen war, entbrannte sein Herz in ihm, da er sah, wie die Stadt der Abgötterei ergeben war; er disputirte in der Versammlung mit den Juden, belehrte auf dem Markte das Volk, lief aber nicht durch die Straßen wie ein Wahnsinniger, um, auf eigene Machtvollkommenheit hin, die Bilder umzustürzen und die Tempel zu zerstören." Nicht minder sprach sich Viret, so wie auch Calvin, Peter Martyr und Andere es thaten, gegen diejenigen aus, die aus weltlichen Rücksichten, aus Furcht ihr Eigenthum, ihren Einfluß, ihre Aemter, ihre Stellen am Hofe zu verlieren, die damals in Frankreich so oft gehörten Einwände vorbrachten gegen die Nothwendigkeit eines offenen Bekenntnisses, oder der Flucht wenn dieses Bekenntniß nicht möglich war. Die Ausflüchte derer, welche behaupteten, die äußern Ceremonien seien an sich gleichgültig, wenn man nur im Herzen der Wahrheit ergeben sei, nannte er mit Recht Sophisterei und Selbstbetrug; wie schwer es auch falle, sagte er, man muß sich von Allem trennen, wenn man die Freiheit des Gewissens nicht hat, und ein Land verlassen, wo diese verweigert wird. Dagegen ermahnte er eine Flüchtlingsgemeinde, die sich in einer lutherischen Stadt niedergelassen hatte (wahrscheinlich die zu Frankfurt), und sich ängstlich beklagte, daß auch andere Gesänge als die Psalmen gesungen und daß beim Abendmal das Brod nicht gebrochen würde, sich an Dingen nicht zu stoßen, durch die die rechte Eintracht nicht gestört werden könne; gastfreundlich an einem Orte aufgenommen, wo sie die Gewalt nicht haben, sollen sie sich fügen und das ihnen Frembartige in Liebe tragen. Die Bedrückten in Frankreich warnte er vor Gewaltthätigkeit; sie sollen nie zu den Waffen greifen, weder wenn sie von der Obrigkeit verfolgt, noch wenn sie von einem fanatischen Pöbel angegriffen werden; ihre einzigen Waffen sind geistige, und früher oder später verschaffen ihnen diese den Sieg. Den Gefangenen endlich empfahl er standhafte Geduld; so schrieb er 1553 an die zu Lyon zum Tode verurtheilten fünf Lausanner Studenten unter Anderm folgendes: „Erinnert euch an das Wort: ich sende euch wie Schafe unter die Wölfe. Es heißt nicht: ich sende euch wie Wölfe unter die Schafe, noch wie wilde Thiere gegen andere wilde Thiere, sondern wie Schafe unter die Wölfe. Ein seltsames Wort! Welche Siegeshoffnung können Schafe haben wenn sie Wölfe bekämpfen sollen? was Anders können sie erwarten, als zerrissen zu werden? Hier ist aber weder auf die Natur der Schafe, noch auf die der Wölfe zu sehn, sondern auf den, der gesagt hat: ich sende euch; er, der Hirte, ist es, der die Schafe sendet die ihm der Vater gegeben hat, und der will daß ihm keines entrissen werde. Was uns daher von Seiten der Menschen begegnen möge, wir sind zufrieden einen solchen Beschützer zu haben, der nicht ein bloßer Mensch, sondern der ewige Gott selber ist. Deßhalb sind wir gewiß, daß wir nicht untergehn; sterbend leben wir, besiegt sind wir Sieger. Bleibt nur fest in euerm Glauben; bekämpft eure Feinde durch ihn, durch Geduld und Gebet. Das sind die Waffen, durch welche von Anfang an die Kirche Gottes über die Gewaltigen der Erde Siegerin geworden ist."

An diese Schriften schließt sich der Dialog über das Interim an, der für Viret's eigenen Standpunkt sehr bezeichnend ist. Er schreibt ihn, um die evangelischen Christen von der Nothwendigkeit der Mäßigung und des alleinigen Gebrauchs der geistlichen Waffen zu überzeugen; den Titel Interim wählt er, weil er von den in verschiedenen Ländern vorgeschlagenen Mitteln sprechen will, sich bis zur Abschließung einer vollkommenen Einigkeit und Reformation, in Bezug

auf die Religion zu verhalten; doch handelt er weniger von diesen
Mitteln, als von den Stellungen, die seine Zeitgenossen dem Evan=
gelium gegenüber einnahmen. Er theilt Letztere in Vermittler (moyen-
neurs), welche durch Concessionen an den Katholicismus die Ruhe für
die Protestanten zu erkaufen, oder durch gegenseitiges unmögliches Nach=
geben beide Kirchen zu vereinigen suchen; Radikale (transformateurs),
die nicht nur die Kirche, sondern auch den Staat von Grund aus um=
ändern wollen; Libertiner, die jede Religion und jede Autorität verachten;
Verfolger, die trotz ihres Wüthens ihren Zweck dennoch nicht erreichen;
Gemäßigte, die allein den Frieden zu erhalten im Stande sind, weil
sie Allen gleichmäßig Gewissensfreiheit zuerkennen. Von sich selbst sagt
Viret: „ich war zwar von Natur schon zum Frieden geneigt und habe
Zwietracht und Verwirrung gehaßt; allein die Erkenntniß die mir Gott
von seinem Worte schenkte und die Erfahrungen die ich machte, haben
mich noch mehr dazu getrieben, nach Frieden und Eintracht zu streben
und den Ausspruch des Herrn stets vor Augen zu haben: Selig sind
die Friedfertigen, denn sie werden Gottes Kinder heißen".

Weit zahlreicher als diese Schriften, sind Viret's polemische Trak=
tate; während aber von jenen manche verdienten wieder ans Licht ge=
zogen zu werden, kann man diese fast durchgängig, was die Methode
betrifft, als veraltet betrachten; sie haben indessen in mehrfacher Hinsicht
ein großes historisches Interesse. Viret's Polemik läßt die tiefern
Grunddogmen unberührt; sie beschäftigt sich ausschließlich mit dem Prak=
tischen, dem in die äußere Erscheinung Tretenden, den kirchlichen Ein=
richtungen und Anstalten. Der Hauptstreit, sagt er, dreht sich um die
Lehren vom geistlichen Amt und von den Sacramenten, und um den
Werth der äußern Gebräuche; beide Kirchen haben Prediger, und jede
behauptet die ihrigen seien allein die rechten; die eine hat sieben Sacramente, die andere nur zwei, und jede sagt sie lehre in diesem Bezuge
die Wahrheit; die eine hat einen reichen, in die Augen fallenden Gottesdienst, während die andere den allereinfachsten hat, und jede gibt vor
nur ihre Form sei die ächt christliche. Was soll nun das Volk in diesem
Zwiespalte thun? Es gibt nur ein Mittel ihm daraus zu helfen, nemlich die Ansprüche beider Kirchen nach der Bibel zu prüfen, auf das
Alterthum zurückzugehn, das heißt auf Christum und die Apostel. Diese
Art die Gegenstände der Polemik zu bestimmen offenbart den viel mit
dem Volke verkehrenden Mann; man erkennt daraus was die Gemüther
damals vorzüglich beschäftigte; war man auch geneigt die Predigt von
Christo und dem rechtfertigenden Glauben an ihn anzunehmen, so blie-
ben doch bei Vielen Zweifel zurück über das Recht der neuen Prediger
und über die Nothwendigkeit, den hergebrachten, so bequemen Gebräu=
chen zu entsagen. Viret, der dies oft genug erfahren haben mußte,
hatte es sich nun zur Lebensaufgabe gemacht, durch alle Mittel welche

ihm seine Gelehrsamkeit, sein Glaube und sein Scharfsinn an die Hand
gaben, sowohl die katholische Ansicht über die angegebenen Punkte zu
bekämpfen, als die protestantische zu rechtfertigen.

Seine hiehergehörigen Schriften sind theils ernste, gelehrte Ab=
handlungen, theils witzige Gespräche und Satiren; doch kommen auch
in jenen häufig satirische Stellen vor. Unter den gelehrten Traktaten
entwickeln mehrere, aus verschiedenen Epochen seines Lebens, die Lehre
vom geistlichen Amt; da dieses „aus vier Stücken besteht, der Predigt
des Worts, der Verwaltung der Sacramente, der Handhabung der
Disziplin, und den Gebeten (Gottesdienst)," so werden auch diese Ge=
genstände mehr oder weniger ausführlich bei Gelegenheit des Amtes
behandelt. Die Gründe welche Viret anführt, um zu beweisen, daß
in den angeführten vier Stücken die katholische Geistlichkeit von dem
apostolischen Christenthum abgewichen sei, sind die allgemein bekannten;
sie brauchen daher nicht der Länge nach hier aufgezählt zu werden.
Eigenthümlich, aber weniger stichhaltig, ist nur die aus der typischen
Anwendung der alttestamentlichen Ordnung auf die Kirche genommene
Beweisführung, daß die Gewalt der Schlüssel nicht einer besondern
Priesterkaste gehöre. Eine eigene Schrift hat zum Zweck, historisch die
Entstehung und Ausbildung des Papstthums nachzuweisen, und durch
Vergleichung der apostolischen Kirche mit der römischen zu zeigen, wie
wenig diese jener entspricht. In einem andern, zur Zeit der Wieder=
eröffnung des Tridentinischen Concils, 1551, geschriebenen dialogischen
Traktat, behandelt er verschiedene auf das Concil bezügliche Fragen.
Er stellt den Grundsatz voran, es sei Pflicht jedes Christen den gött=
lichen Willen zu erforschen durch die Mittel, die Gott selber dazu ge=
geben hat, nemlich in der heiligen Schrift; das allein verdiene den
Namen einer heiligen Inquisition. Viele haben nun aber allerlei Vor=
wände, um sich der Mühe dieses Forschens zu entheben: das Alter und
die große Verbreitung der katholischen Religion, das Ansehn der Vor=
fahren, der Gehorsam den man der Obrigkeit schuldig ist, der Mangel
an Zeit, u. dergl. Nachdem er diese Vorwände mit vielem Geschick
widerlegt hat, kommt er zu einem andern damals oft vorgeschützten:
„es ist nicht an uns die kirchlichen Fragen zu lösen, wir müssen die
Beschlüsse des Concils abwarten." Da zeigt er nun, aus der bereits
mit der Tridentiner Versammlung gemachten Erfahrung, wie wenig
man von ihr zu hoffen habe; überhaupt seien die katholischen Concilien
nie so gewesen, daß sich der Christ ihnen unbedingt unterwerfen könne;
die Widersprüche in vielen ihrer Beschlüsse beweisen wie wenig ihre Au=
torität gegründet ist; einem vom Papste präsidirten Concil fehle die
nöthige Freiheit; man brauche übrigens eine Kirchenversammlung nicht,
denn die Erledigung aller Fragen finde sich hinreichend in der hei=
ligen Schrift.

Bei Bekämpfung der Messe, des Bilder- und Reliquiendienstes, und der andern äußern Gebräuche, bedient sich Viret eines Mittels, das damals sehr wirksam war, obgleich es der historischen Begründung entbehrte; bei der großen Unwissenheit der meisten Priester und Mönche, die von klassischem Alterthum ebenso wenig wußten als von christlicher Theologie und Kirchengeschichte, waren sie jedoch nicht im Stande, ihren gewandten, witzigen Gegner zu widerlegen. Viret bemühte sich nemlich, und nicht blos aus Ironie sondern alles Ernstes, sämmtliche katholische Gebräuche auf heidnische zurückzuführen, um zu zeigen, daß der Katholicismus nichts als ein erneuertes Heidenthum sei. Dies thut er namentlich in Bezug auf die Messe; durch Anwendung einer großen Anzahl von Stellen aus alten Dichtern auf die einzelnen Theile des Meßcanons, auf die Kleidung der Priester, die Zierrathen des Altars, die Gefäße, die Cerimonien, will er zeigen, daß hier nichts Anderes sei als eine das Heilige entweihende, theatralische Vorstellung. Wenn nun auch im katholischen Cultus ein heidnisches Element nicht zu verkennen ist, so ist doch zu viel gesagt, wenn behauptet wird, die Messe sei von den alten Dichtern vorbildlich dargestellt worden, und der ganze katholische Gottesdienst sei weiter nichts als eine Copie des heidnischen Götterdienstes. Bei ihrem Bestreben den Cultus auf die ursprüngliche apostolische Einfachheit zurückzuführen und alles Sinnliche daraus zu entfernen, begreift man jedoch wie die schweizerischen Reformatoren auf den Gedanken kommen konnten, dieses Sinnliche, das jeder Berechtigung im Evangelium entbehrt, sei nur ein der Kirche wieder aufgedrungenes Heidenthum.

Dieser Gedanke zieht sich auch durch sämmtliche satirische Schriften Viret's hindurch, die indessen nicht blos die Messe zum Gegenstand haben, sondern viele andere Dinge, das Fegefeuer, die Todtengebräuche, das Leben der Geistlichen, die Gelübde, das Mönchsthum, das Ave Maria, den Rosenkranz, das Weihwasser, die Kreuz- und Bilderverehrung, u. s. w. Viret sagt, er halte es für erlaubt sich über Aberglauben und Irrthum lustig zu machen, zumal da er jedesmal den Ernst der Wahrheit entgegenstelle; die Gesprächsform sei am besten dazu geeignet wegen ihrer Lebendigkeit und freien Bewegung. Auch Calvin, der zu einer Sammlung satirischer Dialogen seines Freundes eine Vorrede schrieb, hat sein Verfahren gebilligt: „es gibt Leute, meint er, die es vorziehen auf angenehme Weise sich belehren zu lassen, statt durch ernste, einfache Darstellung der Wahrheit; daher sind die zu loben, welche die Gabe besitzen, den Leser durch das Vergnügen zu unterrichten das sie ihm verschaffen; diese Gabe besitzt nicht jeder, selbst den Gelehrtesten fehlt sie oft; ja Viele machen nur sich selber lächerlich, durch die Mühe, die sie sich geben Andere zum Lachen bringen zu wollen; wer sich des Witzes bedienen will, muß zweierlei vermeiden: er darf nichts Gezwungenes, weither geholtes vorbringen, und nicht in unschickliches Geschwätz verfallen; zur rechten Zeit, treffend und mit Anmuth den Leser belustigen, das ist kein gemeines Talent; unser Bruder Viret hat es in hohem Grad. Bei Behandlung der eigentlich religiösen Gegenstände ist der Witz nicht am Ort, da geziemt nur hoher Ernst; wo es sich aber darum handelt, abergläubische Gebräuche und Irrthümer aufzudecken, da hat der Witz sein Recht." Man sieht aus dieser Erklärung, was auch sonst hinlänglich bestätigt ist, daß der damalige Geschmack weniger delicat war als der jetzige, indem man die derbsten Späße nur für anmuthige, angenehme Unterhaltung hielt. Viret's Schriften dürfen daher nicht mit dem jetzigen Maßstabe gemessen werden; versetzt man sich auf den Standpunkt seiner Zeit, so ist gewiß, daß er die Satire meisterhaft gehandhabt hat. Auch ist zu bemerken daß er nirgends Personen verspottet, sondern nur die Dinge an sich. In seinen Dialogen vertritt jeder der Redenden einen Charakter, einen Typus geistiger Zustände oder verschiedener Grade christlicher Erkenntniß. Meist treten deren vier auf: ein unwissender, noch in allem Aberglauben befangener Katholik, der die Protestanten mit den damals üblichen Verleumdungen überhäuft; einer, dessen Gewissen im Zweifel ist ob er sich zur alten oder zur neuen Kirche wenden soll; ein dritter, der frei über die Mißbräuche loszieht und die lächerliche Seite derselben hervorhebt; und zuletzt ein ernster, gelehrter Mann, der die Fragen nach dem Worte Gottes entscheidet. Ein ander Mal sind es sechs: ein Mönch, der sich begnügt den Satz zu wiederholen, man müsse mit Ketzern nicht disputiren; ein Pfarrer, der für seine Kirchengebräuche besorgt ist, weil er Nutzen daraus zieht, und sie bestmöglich zu vertheidigen sucht; ein Schulmeister, der dieselben mit Witz und mit Stellen aus Profanscribenten widerlegt; ein Prediger, der aus der Bibel argumentirt; zwei Laien, die belehrt zu sein wünschen und ihre Bedenken vorbringen, der eine gemäßigt und schwankend, der andere schon heftig gegen die Priester eingenommen. Die Dialogen haben sämmtlich bizarre Titel, um die Neugierde zu erregen: Die Alchimie des Fegfeuers, die höllische Kosmographie, die päpstliche Physik, und dergl. — Wortspiele, alte und neue Anekdoten, Stellen aus klassischen Autoren und aus Kirchenvätern, beißende Spottreden und ernste, erbauliche Gespräche bilden den Stoff aller dieser Schriften. Die interessanteste hat den auf ein unübersetzbares Wortspiel gegründeten Titel: le monde à l'empire (allant pire) et le monde démoniacle. Im ersten Theile wird die Welt geschildert als täglich schlimmer werdend und sich ihrem Ende nahend; mit dem Worte empirer (sich verschlechtern) spielend, wird dies zuerst an dem empire romain, dann an dem empire chrétien, und zuletzt an dem empire de république, den neueren Staaten nachgewiesen. Trotz vieler Digressionen und unnöthig ausgekramter Gelehrsamkeit, kommen ausgezeichnete Stellen vor über die Sitten und den Verfall sowohl der alten Welt als des Papsthums. Das merkwürdigste aber des Buches ist die Freiheit, mit der sich Viret über die gesellschaftlichen Verhältnisse seiner Zeit ausspricht, über die ungerechten Gesetze, die schlechte Verwaltung, die drückenden Abgaben, die Tyrannei der Fürsten, die übermäßigen Privilegien des Adels, die Sittenlosigkeit aller Stände. Der zweite Theil hat es mit der vom Teufel und seinen Dienern beherrschten Welt zu thun, und besonders mit den schwarzen Teufeln, d. h. den Tyrannen und den Verfolgern des Volkes Gottes, und den weißen, d. h. den Heuchlern, sowohl unter Protestanten als unter Katholiken. Diese Herrschaft des bösen Geistes, die Viret bald mit den düstersten Farben, bald mit beißender Ironie ausmalt, ist ein Beweis des hinfälligen Alters der Welt; diese gleicht einem Gebäude das in Trümmer fällt, einem Kranken der unheilbar verloren ist, einem zerbrochenen Topfe, der nicht mehr geflickt werden kann. Und doch gibt es noch einen Helfer, wenn die Welt nur wollte! Weder Kasteiungen noch Beschwörungen können den Teufel austreiben; Christus allein hat die Macht dazu, an ihn muß man sich wenden. Auf die trüben Schilderungen des Verderbens der Welt, folgt dann zum Schluß der Ausdruck der sichern Hoffnung, daß Christo der Sieg bleiben wird.

Fürs Volk schreibend, faßte Viret alle die bisher bezeichneten Werke in französischer Sprache ab. Erst 1553 begann er mehrere derselben auch lateinisch zu überarbeiten, besonders die polemischen über das Amt und die Sakramente, und einige der Ermahnungsschreiben an Protestanten in katholischen Ländern. Als Grund, warum er jene übersetzte, gibt er an, er wolle die Censoren der Sorbonne und in Italien, die einige seiner französischen Schriften verdammt hätten ohne sie gelesen zu haben, nun in den Stand setzen ihn zu verstehen; sein Latein, fügt er ironisch hinzu, sei zwar schlecht und nicht klassisch, aber gerade darum werde es diesen gelehrten Herren geläufiger sein. Das Urtheil das er über sein Latein fällt ist gegründet; es sind schwerfällige Bücher, die weit unter seinen französischen stehn; nur als Curiosum verdient eine Sammlung (Cento) von Stellen aus einundzwanzig lateinischen Dichtern erwähnt zu werden, in welcher er, mit ebensoviel Geschick als wenig Grund, ein heidnisches Vorbild der gesammten Meßfeier geben will.

Inwiefern sich Viret Verdienste als Bibelerklärer erworben hat, vermögen wir nicht zu sagen; seine Kommentare über das Evangelium Johannis und die Apostelgeschichte sind uns nicht zu Gesicht gekommen.

Viret's Schriften.*)

1. Lehrschriften.

1. 1544. Exposition familière sur les dix commandemens de la loy, faite en forme de dialogue. Genf, 12⁰.

*2. 1546. Exposition familière sur le symbole des apostres, contenant les articles de la foy, & un sommaire de la religion chrestienne, faite par dialogues. Genf, 12⁰. — Auch 1552 und *1560, Genf, 12⁰.

3. 1551. Expositio familiaris orationis dominicae. Genf, 12⁰.**)

4. 1559. Instruction en la doctrine chrestienne, & principalement touchant la divine providence & prédestination, faite en forme de dialogue. s. l., 12⁰.

5. ? Sommaire des principaux points de la foy & religion chrestienne, et des abus et erreurs contraires à iceux. — Auch im 1. Buch der Instruction chrestienne, und 1564, Metz, 8⁰.

6. 1561. Brief sommaire de la doctrine chrestienne, fait en forme de dialogue. Nebst der franz. Uebersetzung einer Predigt Bullinger's über das Abendmal. s. l., 12⁰. — Auch im 1. B. der Instruction chrestienne.

*7. 1561. Exposition familière des principaux points du catéchisme & de la doctrine chrestienne, en dialogues. Genf, 12⁰. — Auch im 1. B. der Instruction chrestienne.

*8. 1561. La métamorphose chrestienne. Genf, 12⁰. — 1592, Genf, 8⁰.

*9. 1564. Instruction chrestienne en la doctrine de la loy & de l'Evangile: et en la vraye philosophie & théologie tant naturelle que supernaturelle des chrestiens: et en la contemplation du temple et des images et oeuvres de la providence de Dieu en tout l'univers: et en l'histoire de la création et cheute et reparation du genre humain. Genf, f.⁰, 3 B. — Den 3. Band habe ich nicht gesehn und weiß nicht, ob er erschienen ist; der Vorrede des ersten zufolge sollte er die Tractate über Kirche, Amt und Sacramente enthalten.

10. 1565. De la providence divine touchant tous les estats du monde et tous les biens et les maux qui y peuvent advenir et adviennent ordinairement par la volonté de Dieu. Lyon, 8⁰.

---

*) Die mit Sternchen bezeichneten Schriften und Ausgaben sind die, die ich benutzt habe. Bei der großen Seltenheit der Viret'schen Schriften wage ich es nicht zu behaupten, daß meine Liste vollständig ist.

**) Ob diese Schrift wirklich lateinisch erschienen ist, vermag ich nicht zu sagen. Ich entlehne die Angabe der Liste von Viret's Schriften bei Senebier (Histoire littéraire de Genève, 1, 156 u. f.). Senebier gibt auch von mehreren andern lateinische Titel an, die er aber offenbar aus Melchior Adam genommen hat, der keine französische gibt. Viret sagt selbst, er habe vor 1553 keine lateinischen Schriften herausgegeben; alle lateinische Titel vor diesem Jahr sind also auf französische Bücher zu beziehen.

2. Ermahnungsschriften.

11. 1544. Deux discours adressés aux fidèles qui sont parmi les papistes. Genf, 8⁰.

12. 1547. Remonstrances aux fidèles, qui conversent entre les papistes, et principalement à ceus qui sont en cour, et qui ont offices publiques, touchant les moiens qu'ils doivent tenir en leur vocation. Genf, 12⁰. — Auch in den unter Nr. 15 anzuführenden Traités divers.

13. 1551. De la communication que ceus qui cognoissent la verité de l'Evangile, ont aus ceremonies des papistes, et principalement à leurs bapteemes, mariages, messes, funerailles, et obseques pour les trespassez. Genf, 12⁰. — Französisch auch 1558, 1560, s. l., 12⁰, und in den Traités divers.

*14. 1551. Du devoir et du besoing qu'ont les hommes de s'enquerir de la volonté de Dieu par sa parolle, et de l'attente et finale résolution du vray concile. Genf, 8⁰. — *Vermehrt, unter dem Titel: Dialogues du combat des hommes contre leur propre salut, et contre le devoir et besoin qu'ils ont de s'en enquerir par la parole de Dieu. Genf, 1561, 8⁰. — Ohne Zweifel die nämliche Schrift, wie die von Senebier unter lateinischem Titel angeführte: Quod sperandum de concilio universali. Genf, 1551, 8⁰.

*15. 1559. Traittez divers pour l'instruction des fideles qui resident et conversent es lieus et pais esquels il ne leur est permis de vivre en la pureté et liberté de l'Evangile. Reveus et augmentez. Genf, 1559, 8⁰. Enthält, außer den unter Nr. 11 und 12 angegebenen Tractaten, noch die zwei folgenden: Epistre aus fideles, touchant leur conversation entre les papistes; — Admonition et consolation aus fideles, qui deliberent de sortir d'entre les papistes, pour eviter idolatrie, contre les tentations qui leur peuvent advenir, et les dangers ausquels ils peuvent tomber en leur yssue.

*16. 1559. Epistre consolatoire pour consoler les fidèles qui souffrent persécution pour le nom de Jésus: et pour les instruire à se gouverner en temps d'adversité et de prosperité, et les confermer contre les tentations et assaus de la mort. Reveue et augmentée. Genf, 12⁰.

*17. 1559. Épistres aux fideles pour les instruire et les admonester et exhorter touchant leurs offices, et pour les consoler en leurs tribulations. Genf, 12⁰. 26 Briefe.

*18. 1565. L'intérim, fait par dialogues. Lyon, 8⁰.

3. Polemik.

19. 1548. De la vertu et usage du S. Ministère et des sacremens dependans d'icelle: et des differens qui sont en la chrestienté à cause d'icelles. Genf, 8⁰.

20. 1550. Petit traité de la différence des superstitions et idolatries des payens anciens et des chrestiens papistes. — Ueberarbeitet: *De la source et de la différence et convenance de la vieille et nouvelle idolatrie, et les vrayes et fausses images et reliques, et du seul et vray médiateur. Genf, 1551, 1559, 12⁰.

21. 1551. De la nature et des diverses espèces des voeus. Genf, 8°. — Später schrieb Biret: Du voeu de Jacob et des Sacrifices pacifiques (wann und wo?). — Dann das Ganze, fortgesetzt und überarbeitet: *De la vraye et fausse religion, touchant les voeus et les sermens licites et illicites, et notamment touchant les voeus de perpetuelle continence, et les voeus d'anatheme et execration, et les sacrifices d'hosties humaines, et de l'excommunication en toutes religions. Item de la moinerie, tant des Juifs que des payens et des Turcs et des Papistes, et des sacrifices faits à Moloch, tant en corps qu'en ame. Genf, 1560, 1590, 8°.

*22. 1553. De vero verbo Dei, sacramentorum et Ecclesiae ministerio libri duo; de adulterinis sacramentis liber unus; de adulterato baptismi sacramento, et de sanctorum oleorum usu et consecrationibus liber unus; de adulterata Coena Domini et de tremendis sacrae Missae mysteriis libri sex; de theatrica Missae saltatione cento ex veteribus poetis latinis consarcinatus. Genf, f.° — Genf, 1563, 8°. — Senebier gibt auch besondere Ausgaben des Liber de adulterinis sacramentis und des Cento an, und eine 1560 erschienene französische Uebersetzung des ganzen Werks.

*23. 1554. De origine, continuatione, usu, autoritate atque praestantia ministerii verbi Dei et sacramentorum, et de controversiis ea de re in christiano orbe, hoc praesertim seculo excitatis, ac de earum componendarum ratione. 18 Bücher. Genf, f.° Ueberarbeitung von Nr. 19. — Nach Senebier auch französisch, Genf, 1565, 8°.

24. 1554. Différence et conférence de la cène et de la messe. Genf, 8°; 1560, 8°.

*25. 1554. Des actes des apostres de J. C. et des apostats de l'Eglise et des successeurs tant des uns que des autres. Genf, 8°; *1559, 8°.

*26. 1560. Du vray ministere de la vraye Eglise de J. C., et des vrais sacremens d'icelle, et des faus sacremens de l'Eglise, de l'Antechrist, et des additions adioustées par les hommes au sacrement du baptesme. Genf, 8°.

27. 1564. Institution des heures canoniques et de temps determinez aux prières des chrestiens. Lyon, 8°.

*28. 1564. De l'authorité et perfection de la doctrine des sainctes Escritures et du ministère d'icelle, et des vrais et faux pasteurs et de leurs disciples, et des marques pour cognoistre et discerner tant les uns que les autres. Lyon, 8°.

*29. 1564. Des clefs de l'Eglise, et de l'administration de la parole de Dieu, et des sacremens, selon l'usage de l'Eglise Romaine, et de la transsubstantiation, et de la verité du corps de J. C., et de la vraye communion d'iceluy. Genf, 8°. Fortsetzung von Nummer 28.

*30. 1565. De l'estat de la conférence de l'authorité, puissance, prescription et succession tant de la vraye que de la fausse Eglise, depuis le commencement du monde, et des ministres d'icelles et de leurs vocations et degrez. Lyon, 8°. Fortsetzung von Nummer 29.

*31. 1565. Response aux questions proposées par Jean Ropitel, minime, aux Ministres de l'Eglise réformée de Lyon, avec d'autres questions proposées à luy et à ses compagnons, suyvant la teneur des siennes. Lyon, 8°.

32. 1565. Trois livres des principaux poincts qui sont anjourd'huy en différent ouchant la saincte cène de J. C. et la messe, et de la resolution d'iceux. Lyon, 8°.

4. Satiren.

*33. 1544. Disputations chrestiennes, en manière de devis, divisées par dialogues. Mit Vorrede von Calvin. Genf, 8°. Enthält 6 Dialogen, je 2 ein Bändchen bildend: L'alchumie du purgatoire; l'office des mortz; anniversaires; l'adolescence de la messe; les enfers; le requiescant in pace du purgatoire. — 1552 gab Biret diese Sammlung unter dem Titel heraus: *Disputations chrestiennes sur l'estat des trespassez. Genf, 8°, vermehrt durch 3 Dialoge, le purgatoire, le limbe, la descente aux enfers; die Alchumie du purgatoire hat in dieser Ausgabe den Titel: la cosmographie ou la géographie infernale. — Auch Genf, 1554, 8°. — Die Dialogen: Le requiescant in pace du purgatoire, l'office des morts, und La cosmographie infernale erschienen auch einzeln, Genf, 1552, 8°.

*34. 1544. Du vray usage de la salutation faite par l'ange à la Vierge Marie, et de la source des chapelets, et de la manière de prier par conte, et de l'abus qui y est: et du vray moyen par lequel la vierge Marie peut estre honorée ou deshonorée. Genf, 12°. — *Reveu et augmenté. Genf, 1561, 12°.

35. 1552. La physique papale en dialogues: la médicine, les bains, l'eau bénite, le feu sacré, l'alchymie. Genf, 8°.

*36. 1553. La nécromance papale, faite par dialogues, en manière de devis. Genf, 8°.

*37. 1560. Le monde à l'empire et le monde démoniacle, fait par dialogues. Genf, 8°; 1561, 1570, 1580, 8°. — Wahrscheinlich die von Senebier angeführten Dialogi de confusione mundi; ob aber die Jahreszahl 1545 richtig ist, scheint mir sehr zweifelhaft.

*38. 1563. Les cauteles et canon de la messe, ensemble la messe du corps de J. C. Lyon, 8°.

Senebier und Andere führen endlich noch an: Commentaires sur l'Evangile de nostre Seigneur J. C., selon S. Jehan, Genf, 1553, f.°; — und Commentarii in acta apostolorum, lateinisch und französisch. s. l. et a.